네 세상이 어둠이 된다고 해도
내가 너의 빛이 되어 줄게

시울

존재하는 것은 '사랑과 두려움'.

그것뿐이다.

―앤소니 드 멜로

나는 보기 위해 눈을 감는다.

−폴 고갱

사랑에 눈이 멀어 본 적 있나요.

첫눈

선아와 함께 집으로 돌아가는 길.

첫눈이 내렸다.

나는 눈을 맞고 싶지 않아
패딩에 달린 모자를 뒤집어 쓰고 지퍼를 올렸다.

그녀는 아니었다.
선아는 눈이 맞고 싶었다.

그래서 고개를 들고 쏟아지는 눈을 온몸으로 맞았다.

"아."

선아는 한쪽 눈을 비볐다.

"왜 그래."

"눈에 눈 들어갔어."

그녀는 대수롭지 않은 듯 웃어 보이며 눈송이가 오른쪽 눈에 들어갔다고 말했다.

"빨리 가자."

나는 집에 가서 따뜻한 이불 속에 몸을 뉘고 싶었다.

선아는 나의 말을 듣는 둥 마는 둥 양팔을 벌리고 제자리를 빙글빙글 돌았다.

"첫눈이잖아."

선아가 말했다.

겨울

여자 친구가
시각을 잃었다

여자 친구가 시각을 잃었다.

말 그대로다.

시력이 '떨어진' 게 아니라
시각을 '잃었다'.

토요일 아침.

선아는 나를 흔들어 깨우며 말했다.

"앞이 안 보여."

나는 잠결에 그녀의 장난을 받아 줄 기운이 없어 이불을 끌어안고 뒤돌아 누웠다. 선아는 떨리는 손으로 나의 몸을 더듬거리다가 어깨를 부여잡고 흔들었다.

"장난치는 거 아니야. 진짜 안 보여."

나는 가운데 손가락을 펼쳐 선아의 얼굴에 갖다 댔다. 그녀가 장난을 치는 건지, 아닌지 확인하기 위함이었다. 그러자 선아는 초점 없는 눈빛으로 허공을 바라보며 말했다.

"오빠. 나 어떡해?"

나는 손가락을 접고 몸을 일으켰다.

"오늘 만우절이야?"

내가 물었다.

"지금 11월이야."

"어떻게 보이는데?"

"하얗게 보여."

"완전 하얗게?"

"응. 하얀 눈밭 속에 묻힌 거 같아."

"다시 감았다 떠 봐."

나의 말에 선아는 눈을 질끈 감았다가 떴다.

"똑같아. 하얘."

선아가 말했다. 나는 손바닥으로 그녀의 눈을 가리며
물었다.

"이러면 어때?"

"어, 까매졌어."

"내가 손으로 가렸어."

나는 집에서 제일 가까운 안과에 전화를 해 예약을 했
다. 그리고 선아와 함께 화장실로 들어가 세수를 했다. 나
는 한 손으로 그녀의 얼굴을 씻겨 주고 코를 풀어 주었다.

"좀 더 박박 해 봐."

선아가 말했다.

"너 아플까 봐 부드럽게 한 건데."

"이건 그냥 물만 묻히는 거지."

내 얼굴이 아닌 다른 사람의 얼굴을 세수한 적은 살면
서 처음이었다.

"그냥 내가 해야겠다."

선아는 혼자서 세수를 하더니 거울을 뚫어져라 쳐다보
았다. 평소보다 가까이, 더 가까이 다가가다가 결국에는 거
울에 코가 닿을 때까지 다가갔다. 거울에 김이 껴서 그런 건
아닐까 싶어 손으로 거울의 물기를 여러 차례 닦기도 했다.

"보여?"

내가 물었다.

"아니."

선아는 깊은 한숨을 내쉬었다. 나는 그녀에게 수건을 건넸다.

씻고 나온 우리는 옷을 갈아입었다.

"오빠. 브라 좀."

"무슨 색?"

"아무거나."

나는 남색 브래지어를 집어 건넸다. 질문을 던져 놓고 생각해 보니 앞이 안 보이는데 속옷 색깔이 무슨 의미가 있을까 싶었다.

선아는 좀처럼 브래지어를 입지 못했다. 앞이 보이지 않아서가 아니라 손이 심하게 떨렸기 때문이다.

"내가 해 줄게."

브래지어를 시작으로 나는 그녀의 옷을 한 벌씩 입혀 주었다. 면 티 위에 니트 위에 재킷 위에 패딩. 초겨울이었기 때문에 옷을 충분히 껴입어야 했다.

선아는 침대에 걸터앉아 내가 입혀 주는 옷을 군말 없이 입었다. 옷을 입는 동안 그녀는 한쪽 다리를 심하게 떨었다. 그 때문에 침대 위에 있던 인형이 사정없이 흔들렸다. 백 일 데이트 때 내가 뽑아 준 물범 인형이었다. 4년이란 세월 동안 헤지고 솜이 빠져 너덜너덜해진 인형. 잘 땐 껴안고, 화가 날 땐 때리고, 슬플 땐 얼굴을 파묻고, 신날 땐 함께 춤을 추었던 선아의 애착 인형이었다.

"괜찮을 거야."

나는 선아의 팔을 쓰다듬으며 말했다.

"너무 불안해하지 마."

그녀는 나의 말에 대답을 하지 않았다. 내 말이 별 의미가 없다는 것은 나도 잘 알고 있었다. 어떻게 불안하지 않을 수 있을까. 하루아침에 눈이 멀었는데, 어떻게 평정심을 유지할 수 있을까.

우리는 겨우 옷을 갈아입고 현관을 나섰다.

계단을 내려가려고 하자 선아의 손 떨림이 더욱 심해졌다. 나는 그제야 실감이 났다. 그녀가 앞이 보이지 않는다는 사실이. 계단을 내려가는 일이 이토록 오래 걸리는 일인 줄 몰랐다.

"……너무 무서워."

선아가 말했다.

"천천히 내려가자. 마지막 계단 때마다 내가 말해 줄게."

나는 선아를 부축하며 조심스럽게 계단을 내려갔다. 그러나 선아는 여전히 몸을 바들바들 떨었고 이렇게 가다간 안과 예약 시간을 놓칠 터였다. 나는 결국 쪼그려 앉으며 말했다.

"업어 줄게. 앞으로 숙여 봐."

선아는 나의 등에 업혔다. 나는 그녀를 업은 채로 4층 높이의 계단을 내려갔다.

하얀 암흑 속에서 선아는 내 목을 세게 끌어안았다.

★

"양쪽 눈이 동시에 실명되는 일은 드문 일입니다. 어떤 물리적인, 정신적인 충격을 받지 않았다는 게 사실이라면 요. 소견서를 써 드릴 테니 평일에 대학 병원에 가서서 좀 더 정밀한 검사를 받아 보시는 게 좋을 것 같습니다. 저희 병원에선 더 이상 해 드릴 게 없습니다."

동네 안과 병원의 의사는 차분한 어투로 말했다.

우리는 소견서를 들고 병원을 나왔다.

다시 집으로 돌아온 우리는 천천히 계단을 올라갔다.

오늘이 지나가기 전에 원인과 병명을 알아내고 싶었던 선아는 잔뜩 실망한 표정이었다. 우리는 옷을 벗고 속옷만 입은 채로 그대로 침대에 몸을 던졌다.

"혹시 몰라. 자고 일어나면 괜찮아질지."

나는 선아의 앞머리를 쓸어 넘기며 말했다.

"오늘 내일을 이러고 있어야 돼?"

선아가 말했다.

"많이 답답해?"

"응. 죽을 맛이야."

"라디오 같은 거라도 들을까?"

"아니. 오빠랑 계속 수다 떨면 돼."

"그런데…… 부모님한테 말씀 드려야 되는 거 아니야?"

나는 조심스럽게 물었다.

"안 할 거야."

선아는 단호했다.

"왜?"

"큰 병원에서 검사받아 보고 천천히 말할래."

나는 선아의 마음을 이해할 수 있었다.

그녀는 가족을 끔찍이 사랑했고, 그건 가족들도 마찬가지였다.

자신의 불행으로 인해 가족들이 무거운 짐을 지게 되는 것을 최대한 뒤로 미루고 싶은 마음일 것이다.

"대신 사장님한텐 말씀 드려야지."

선아가 말했다.

"오빠, 내 핸드폰으로 사장님한테 전화 좀 해 줄 수 있어?"

"비밀번호 뭐야?"

"180315."

나는 비밀번호를 누른 후 그녀가 일하고 있는 카페 사

장님의 전화번호를 찾았다.

"잠깐."

내가 말했다.

"왜?"

"비밀번호가 그거네. 우리 사귄 첫날."

"그걸 지금 눈치챘냐. 이 바보야."

"감동인데."

나는 선아에게 핸드폰을 건넸다.

"통화 버튼 누를까?"

"응. 눌러 줘."

선아는 핸드폰을 건네받고 귀에 가져다 댔다. 신호음이 몇 번 울리고 곧 전화를 받았다.

"네 사장님. 저 선아요. 다름이 아니라, 제가 몸이 많이 아파서……."

그녀는 자신이 처한 상황을 설명했다.

다음 주에 병원에 입원할 수도 있어서 당분간 스케줄을 비워야 할 것 같다고 전했다. 선아는 실명이 되었다는 사실은 감추고 몸이 많이 아프다고 둘러 말했다. 마치 자신의 입으로 실명이라는 단어를 내뱉기 꺼리는 것 같았다.

그녀는 말에도 에너지가 있다고 믿는 사람이었다.

그런 식으로 말하게 되는 순간

정말 그런 식으로 되어 버린다고.

그녀는 늘 그렇게 생각했다.

"네. 나중에 검사 결과 나오면 그때 다시 알려 드릴게요."

선아는 통화를 마치고 한숨을 내쉬었다.

"그래도 일은 쉬어서 좋다."

그녀가 말했다.

"거짓말. 너 일하는 거 좋아하잖아."

"요즘 알바가 한꺼번에 관둬서 힘들었어. 지금 새로 뽑고 있는 중인데, 거기다 나까지 못 나가니까 사장님께 죄송하네."

"나도 다음 주에 휴가 써야겠다."

"오빠는 왜?"

"너 병원도 데려다주고, 옆에서 간호도 해 줘야지."

"아니야. 오빠는 일 나가도 돼."

"그럼 너 병원은 어떻게 갈 거야? 부모님한텐 나중에 말한다며."

"아, 그러네."

"내 말 들어. 다음 주는 어떻게든 비울 수 있을 거야."

"고마워."

"뭐가 고마워. 당연한 거지."

"오빠."

"응."

"뽀뽀해 줘."

선아는 눈을 감고 입술을 삐죽 내밀었다. 나는 그녀의 옆에 누워 얼굴을 빤히 쳐다보았다. 순간 장난기가 발동했다. 나는 입술이 아닌 검지와 중지를 가지런히 모아 선아의 입술에 가져다 댔다.

"왜 이렇게 건조해? 립밤 좀 바르라니까."

선아가 말했다. 나는 배꼽을 부여잡고 자지러지게 웃었다.

"뭐야. 입술 아니었어?"

"손가락이야."

"아 장난하지 마."

그녀가 나를 때리려고 하자 나는 침대에서 일어나 도망쳤다. 선아는 누워 있던 몸을 벌떡 일으켰다. 그러나 침대 밖으로 나오진 못했다. 그녀에게 발을 내딛는 것은 이제 용기가 필요한 일이 되어 버렸다.

선아는 침대 끝에 걸터앉아 눈물을 터뜨렸다.

나는 놀란 마음에 달려가 그녀 옆에 앉았다.

"장난치지 마."

선아가 울먹이며 말했다.

"안 보여서 진짜 무섭단 말이야."

"미안해. 다신 안 칠게."

"됐어. 빨리 안아 줘."

선아는 몸을 돌려 양팔을 벌렸다. 나는 그녀를 껴안고

뒤로 물러나 턱을 살며시 감싸 쥐었다.

우리는 입을 맞췄다.

★

"노인성 3대 실명 질환인 녹내장, 황반변성, 당뇨망막
병증을 제외한 후천적 실명의 구체적인 원인과 치료법은
알 수 없습니다. 유전병으론 망막색소변성증과 레베르 시
신경병증이 있으며, 시신경 위축과 각막 질환……."

다음 날, 일요일.

선아와 나는 온종일 침대에 누워 실명에 관한 정보를
습득했다. 인터넷 검색을 통해 백과사전에 적힌 내용을
내가 소리 내어 크게 읽어 주거나, 유튜브에 올라와 있는
의학 영상, 시각 장애인 유튜버가 올린 영상들을 크게 틀
어 놓는 식이었다.

평소에는 흘려들을 법한 이야기들이었지만, 지금은 하
나하나 모두 소중한 정보들이었다. 선아는 침대에 누워
귀를 쫑긋 세워 들었고, 나는 어플로 메모를 하며 들었다.

"그런데 있잖아."

선아가 말했다.

"원인이 뭘까? 우리 그 전날 밤에 뭐 했지?"

그녀의 물음에 나는 생각을 더듬어 보았다.

실명되기 하루 전, 나는 여느 때처럼 퇴근을 하고 선아가 일하는 카페에 가서 그녀가 퇴근을 할 때까지 기다렸다. 여덟 시에 선아가 퇴근을 하고 우리는 근처 마라탕집에서 저녁을 먹었다. 그리고 천천히 산책을 하며 집으로 돌아왔다.

"집에 오는 길에 눈이 펑펑 왔었잖아."

나는 상상을 멈추고 말했다.

"너 하늘 올려다보다가 눈에 눈 들어갔다고 하지 않았어?"

"응 맞아."

"그거 때문일까?"

"그런데 그땐 별로 아프지도 않고 아무렇지도 않았어."

"혹시 잠들기 전에 이상한 낌새 같은 건 없었어?"

"음. 오빠랑 누워서 핸드폰 하다가 잤던 거 말곤 딱히 없는데. 피곤해서 눈이 조금 뻑뻑했던 거?"

우리는 실명의 원인을 알아내기 위해 고군분투했다. 모든 문제의 해결법은 그것의 시작점에 있다는 한 작가의 말이 떠올랐다. 우리는 그 시작점을 찾기 위해 노력했다. 원인을 알아내면 치료법도 알 수 있지 않을까 하는 일말의 희망을 품은 채로.

그러나 아무리 머리를 맞대도 원인을 찾을 수 없었다. 별다른 징조도 없이 말 그대로 하루아침에 일어나 버린 일이었다.

하룻밤 사이에 시각을 잃은 여자가 내 옆에 누워 있다.
나는 그녀의 남자 친구다.

★

한 달 같은 주말을 보냈다.

월요일 아침이 밝자마자 우리는 대학 병원으로 향했다.

버스를 타고, 전철을 두 번 갈아타야 갈 수 있는 규모
가 큰 병원이었다. 선아는 내게 팔짱을 끼고 되도록 앞을
보며 걸었다. 고개를 푹 숙이고 땅을 보고 걸으면 사람들
이 자신을 쳐다볼 것이라고 여기는 것 같았다.

"보호자십니까?"

의사가 물었다.

"네."

"일단 입원 수속을 밟고, 며칠 동안 여러 가지 검사를
해야 될 것 같습니다. 앞이 안 보이시다 보니 보호자분이
잘 챙겨 주셔야 합니다."

"네 알겠습니다."

선아는 첫날부터 온갖 검사를 했다.

눈 검사, MRI 검사, 안압 체크 등 여러 검사를 하고 나

니 시간은 어느덧 밤을 향해 가고 있었고 그녀는 녹초가
되었다.

"힘들지."

부축해 주는 나에게 선아가 말했다.

"내가 뭐가 힘들어. 네가 더 힘들지."

나는 선아를 데리고 면담실로 들어갔다. 의사는 무덤
덤한 표정으로 컴퓨터를 하고 있다가 우리가 들어오자 눈
을 맞추고 인사를 했다.

"결론부터 말씀 드리면 오늘 한 검사들로는 정확한 진
단을 내리기가 힘들 것 같습니다."

의사가 말했다.

"당분간 입원을 하면서 여러 가지 검사와 그에 맞는 치
료법을 시행해야 할 것 같습니다. 괜찮으시겠습니까?"

"네. 괜찮습니다."

선아가 말했다.

"혹시, 나아질 가능성이 있기는 한가요?"

"그건 조금 더 지켜봐야 알 것 같습니다."

의사가 말했다. 그리고 뒤에 말을 덧붙였다.

"……일단 마음의 준비를 하고 계시는 게 좋을 것 같습
니다."

"어떤 준비요?"

내가 물었다.

"영구적인 시력 손상에 대한 마음의 준비요. 저희는 이걸 실명이라고 부릅니다."

알고는 있었지만, 의사의 입을 통해 들으니 가슴이 철렁 내려앉았다. 나는 조심스럽게 옆에 앉아 있는 선아 쪽으로 고개를 돌렸다. 그녀는 초점 없는 눈으로 의사를 바라보고 있었다.

"그래도 희망이 없는 건 아니죠?"

선아가 물었다.

"네. 희망을 놓을 필요까진 없습니다. 실제로 세계적인 사례를 보면 실명된 환자가 몇 년 만에 갑자기 시력이 돌아온 경우도 종종 있으니까요."

희망.

이 단어가 이토록 간절하게 다가온 적은 처음이었다.

우리는 면담실을 나와 복도를 걸어가 병실로 돌아갔다.

★

나는 선아의 침대 옆에 놓인 간이침대에서 잠을 청했다.

선아는 나에게 집에 가서 잠을 자라고 떼를 썼지만, 나는 그럴 수 없었다. 밤중에 무슨 일이 벌어질지도 모르고, 무엇보다 내가 그녀 옆에 있고 싶었기 때문이다. 나 홀로 집으로 돌아가 퀸 사이즈 침대에 눕는다 해도 잠이 오지 않을 게 뻔했다.

목요일. 검사와 치료를 반복한 지 4일째 되는 날.

의사는 이렇게 말했다.

"여러 정황을 살펴보니 병명은 시신경척수염일 확률이 높아 보입니다. 주로 여성분이 남성분보다 걸릴 확률이 4배 높은 질병으로, 젊은 분들이 하루아침에 실명되는 경우도 종종 있습니다."

시신경척수염.

살면서 처음 들어 보는 단어를 나는 계속해서 곱씹었다.

"치료가 가능한가요?"

선아가 물었다.

"일단 정맥 내에 스테로이드를 주입하는 식의 치료법이 가장 흔하긴 한데, 이 치료법으로도 호전이 되지 않는다면 혈장 내 염증 유발 물질들을 제거하기 위해 혈장 교환술을 시행할 생각입니다.

이 질병은 시신경뿐만 아니라 다른 질병으로도 파생될 수 있기 때문에 치료를 꼭 진행해야 합니다."

"제가 궁금한 건, 시력이 돌아올 수 있는지의 여부예요."

"환자분은 저시력 증상이 아니라 실명에 가까운 증상이기 때문에 돌아올 수 있는 확률은 낮습니다. 시신경은 손상되면 회복되지 않습니다. 일단은 다른 질병이 발생하는 것을 막기 위해 치료를 진행하는 겁니다."

의사는 무미건조한 어투로 말했다.

나는 그동안 가지고 있던 실낱같은 희망마저 바스라졌다. 교수의 건조한 말투에 나는 약간의 분노를 느꼈다. 그는 선아와 같은 환자를 수없이 만나 봤겠지만, 그녀는 살면서 대학 병원에 처음 입원해 본다. 한 사람의 인생이 달린 문제라는 점을 의사가 알아 주길 바랐다. 그러나 내 입에서 나온 말은 분노와는 거리가 먼 문장이었다.

"잘 부탁 드립니다, 교수님."

나는 의사의 양손을 부여잡으며 말했다.

의사는 최선을 다해 보겠다고 말하고 뒤돌아 갔다.

★

시신경척수염.

나는 그 한 단어를 집요하게 파고들었다. 그것의 원인과 증상, 치료법에 대해 공부했다. 선아는 현실로부터 도피하기 위해 잠을 잤고, 나는 간이침대에 누워 글을 읽고 영상을 보았다. 앞이 보이지 않는 선아를 대신해 내가 공부할 수밖에 없었다.

글을 읽을 때마다 내 눈에 들어오는 건 '신경은 손상되면 회복되지 않는다', '영구적 실명'과 같은 단어와 문장들이었다. 나는 핸드폰을 끄고 눈을 감고 생각에 잠겼다. 이 모든 것이 꿈은 아닐까 하는 생각이 들었다. 나는 고개를 돌려 선아를 보았다.

우연히 고개를 돌려 본 그녀의 얼굴은 심하게 일그러져 있었고, 식은땀이 흘러내리고 있었다. 나는 조심스럽게 선아의 어깨를 흔들어 깨웠다.

"악몽 꿨어?"

내가 물었다.

"응......"

선아는 천천히 몸을 일으켜 비몽사몽인 채로 말했다.

"엄마랑 아빠가 꿈에 나왔어. 내 묘비 앞에서 두 분이 대성통곡을 하는데, 나는 유령이 돼서 그 모습을 지켜봤어. 바로 옆에서 울지 마, 제발 울지 마. 이렇게 흐느끼며 소리치는데도 내 목소리가 들리지 않는지 무시하고 계속 우시더라."

"슬픈 꿈이네."

"오빠. 나 휴게실로 데려가 줄 수 있어?"

"바람 쐬고 싶어서?"

"응. 그것도 있고. 엄마한테 전화하려고."

선아는 초점 없는 눈빛으로 나를 바라보며 말했다. 나는 그녀가 결심했다는 것을 눈치챘다.

나는 선아를 부축해 널찍한 휴게실로 갔다. 탁 트인 창으로 도시의 야경이 한눈에 들어오는 아름다운 공간이었다. 그러나 선아는 이 풍경을 보지 못했다.

나는 선아의 핸드폰으로 그녀의 엄마에게 전화를 걸었다. 신호음이 울린 지 얼마 되지 않아 바로 전화를 받았다. 나는 선아에게 핸드폰을 건넸다.

"어, 왜 아빠가 받아?"

핸드폰 너머로 '네 엄마는 설거지 중이야'라는 목소리가 희미하게 들렸다.

"있잖아 아빠······."

선아는 말하다가 목이 메었는지 중간에 말을 멈추고 한동안 깊은숨만 들이쉬고 내쉬었다. 그러다 크게 심호흡을 한 번 하고는 말을 쏟아내었다.

"나 지금 대학 병원에 입원했어. 갑자기 앞이 안 보여서. 응. 서울에 있는 거. 응······. 앞이 아예 안 보여. 완전 뿌옇게 보여서 형체도 잘 보이지 않아. 응······. 벽 같은 거 바로 앞에 서면 아, 벽이구나 하는 건 느끼는 정도야. 빛은 감지되거든. 응······ 응······. 교수님이 나보고 시신경척수염이래. 염증이 생겨서 신경이 손상되는 병인데, 다른 병으로 파생될 수도 있어서 일단 내일부터 제대로 치료받기로 했어. 그런데 신경은 한 번 손상되면 회복되지 않아서······ 응······ 실명이래······. 어, 실명. 앞으로 쭉 안 보여. 응······.

월요일에 입원했어. 옆에 원호 오빠가 같이 있어 줬어. 이 전화도 오빠가 걸어 준 거야. 응. 지금 온다고? 아니야. 내일 아침에 와. 지금은 너무 늦었어. 다른 분들한테도 민폐야. 일단 일찍 자고, 내일 와. 원호 오빠가 일주일 동안 일을 못 해서 다음 주부터 일 나가야 해. 응. 그래서 아빠랑 엄마가 번갈아 가면서 내 곁에 있어 줬으면 좋겠어. 일단 치료가 끝날 때까지만. 응. 길면 한두 달, 짧으면 2주 정도 걸린대. 재발이 잦아서 몸 관리 잘하고, 스테로이드도 꾸준히 맞아야 돼. 응······. 바로 말 안 한 건······ 금방 나을 줄 알아서 안 했어. 그런데 교수님이 실명이라고 말해 줘서······. 엄마랑 내일 같이 와. 응. 일단 나 들어가 볼게. 이제 취침 시간이라서. 알겠어, 내일 봐.

아빠. 사랑해."

선아는 전화를 끊고 고개를 숙였다.

잠시 후, 그녀의 어깨가 들썩거리며 흐느끼는 소리가 들렸다.

★

다음 날 아침.

나는 병원 입구에서 선아의 부모님을 맞이했다.

빵과 과자, 과일 같은 간식들을 양손 가득 챙긴 채 두

분은 심각한 표정으로 내게 다가왔다.

"고생했다, 원호야."

아버님이 말했다.

"아니요, 고생은요." 내가 말했다. "그런데 이 간식들은 아마 치료하는 중에는 먹기 힘들 거예요. 선아가 입맛이 뚝 떨어졌거든요."

"괜찮아. 우리가 다 먹으면 돼."

어머님이 웃으며 말했다. 그만큼 오랫동안 곁에 있을 생각으로 바리바리 싸 들고 오신 걸 테다.

나는 선아의 부모님과 함께 신경과 병동으로 올라갔다. 엘리베이터를 타고 복도를 걷는 두 분의 표정은 잔뜩 굳어 있었다. 앞이 보이지 않는 딸을 마주하는 일은 생전에 좀처럼 경험하기 힘든 일일 것이다.

병실로 들어온 그들은 간이침대에 앉았다. 바스락거리는 소리를 듣고 누워 있던 선아가 고개를 돌렸다. 그녀는 허공을 바라보며 말했다.

"엄마야?"

그녀의 물음에 어머님이 딸의 양손 위에 자신의 손을 포개며 말했다.

"응. 엄마 왔다."

그러자 선아는 몸을 일으켜 안아 달라는 듯이 양팔을 활짝 벌렸다. 모녀는 서로 부둥켜안았다.

＊

　나는 혼자서 집으로 돌아갔다.

　전철을 두 번 갈아타고, 버스를 탔다.

　5일 만에 돌아가는 집이었다.

　다음 주엔 회사로 복귀해 일을 해야 했기 때문에 주말엔 충분한 휴식을 취하기로 선아와 약속했다. 나의 빈자리를 그녀의 부모님께서 충분히 채우고도 남았기에 나는 마음을 놓고 집으로 올 수 있었다.

　그렇게 생각했었다.

　집 앞에 도착하기 전까지는.

　공동 현관을 열고 들어와 4층의 계단을 혼자 올라갈 때.

　알 수 없는 감정이 가슴 속 깊은 곳에서부터 올라왔다.

　일주일 전, 선아가 바들바들 떨며 내려왔던 계단. 결국엔 내가 업고서 내려왔던 그 계단을 혼자 올라가면서 나는 울음이 턱 밑까지 솟구쳤다.

　나는 현관을 열고 들어오자마자 옷을 벗어 던지고 침대에 몸을 던졌다. 병실에 있던 딱딱한 간이침대보다 훨씬 푹신한 퀸 사이즈 침대였다. 혼자서 눕기엔 너무 넓고 편한 침대였다. 나는 결국 참았던 눈물이 터지고 말았다.

차라리 간이침대가 나았다.

적어도 그건 선아의 옆에 있었으니까.

그녀와 3년간 동거를 하면서 집에 혼자 있는 시간을 가지길 원했던 적이 솔직히 여러 번 있었다. 그래 봤자 눈치 보지 않고 게임을 하거나 배달 음식을 마음껏 시켜 먹을 게 전부였지만.

그러나 이런 식으로 혼자 있길 바란 건 아니었다. 나는 이런 고독함은 도저히 견딜 수 없어서 뭐라도 해야만 했다.

잠으로 도피하려 해도 잠이 오지 않았다. 나는 침대에서 일어나 그동안 밀려 있던 집안일을 했다. 서랍과 옷장을 정리하고, 부엌과 화장실을 청소하고, 빨래 통에 쌓여 있던 옷들을 세탁기에 돌렸다. 밀려 있던 집안일들 속엔 선아와 함께했던 흔적들이 고스란히 담겨 있었다. 그녀의 겉옷과 속옷, 굳어 버린 밥풀이 붙어 있는 밥그릇, 그리다 만 오일 파스텔 그림, 아침마다 챙겨 먹던 오메가3와 비타민 등등.

평소엔 손도 대기 싫던 일들이, 한 시간도 채 안 돼 끝나 버렸다.

나는 또다시 고독해졌다.

침대에 걸터앉아 깨끗해진 집 안을 둘러보았다.

집은 깨끗해졌지만 기분은 여전히 울적했다.

나는 오랜 고민 끝에 결정을 내렸다.

청주에 있는 엄마의 집으로 가기로.

선아가 엄마의 품에 안긴 것처럼.

★

대학에 입학해 서울에 올라와 자취를 시작하면서부터 나는 엄마와 따로 살고 있다. 두 달에 한 번꼴로 엄마의 집을 찾았는데, 요즘엔 일이 바빠 그마저도 잘 지키지 못했다.

나는 두 시간 반 동안 고속버스를 타고 청주에 도착했다.

엄마의 집은 터미널에서 걸어갈 수 있는 거리에 있었다. 공무원인 엄마는 일터인 주민센터에 나갔고 집은 비어 있었다.

나는 천천히 집을 둘러보았다. 이사한 지 1년도 채 되지 않은 집 안엔 잡동사니 없이 필요한 가구와 물품만 있었다. 잘 꾸며진 모델 하우스 같은 느낌이 났다. 사람의 온기는 좀처럼 찾아보기 힘들었는데, 그래도 느낄 수 있는 구석이 있긴 했다.

거실 벽에 붙어 있는 가족사진과 십자가에 매달린 예수의 조각상, 테이블 위에 올려진 성경과 필사 노트가 바로 그것이었다. 그 물건들이 이곳에 사람이 살고 있다는 것을 말해 주고 있었다. 모델 하우스에선 찾아보기 힘든 물건들이니까.

나는 소파에 앉아 테이블 위에 올려진 성경을 집어 들었다.

일곱 살 때 아빠가 돌아가시고, 엄마는 교회를 다니기 시작했다. 그때부터 지금까지 그녀는 독실한 크리스천으로 살아가고 있다. 중간중간 엄마는 나에게 전도를 시도했으나 번번이 실패로 돌아갔다.

"안 보이는데 어떻게 **믿어**?"

여덟 살의 내가 **당돌하게** 되물었던 질문이었다. 초등학생이 충분히 할 법한 생각이었고 질문이었다. 엄마는 전혀 당황하지 않고 나에게 보이지 않는 하나님을 믿을 수 있는 여러 가지 방법을 소개했다.

"대부분의 사람들은 눈에 보이는 걸 믿으며 살아가. 하지만 사람들이 모르는 게 있어. 우리는 눈에 보이는 걸 믿는 게 아니라, 믿는 게 보이는 거야."

그때의 나는 엄마의 말을 이해하지 못했다. 사실, 지금도 이해하지 못한다.

그녀는 일요일마다 나를 교회로 끌고 가려는 시도를 했다. 나는 울고불고 떼쓰며 집에 있겠다고 고집했다. 엄마가 교회에 가 있는 동안은 눈치 보지 않고 컴퓨터 게임을 실컷 할 수 있는 기회였기 때문이다.

그렇게 일곱 살 때부터 지금까지. 나의 소신은 꺾이지 않았다.

안 보이는 것을 믿는 법을 설명하는 엄마의 설득은 효과가 없었다. 그러나 만약, 지금의 선아가 그것을 설명하려 든다면 나는 기꺼이 설득당할 것 같았다.

지금 그녀는 정말 앞이 안 보이니까.

안 보이는 사람이 안 보이는 것을 믿는 법을 소개하는 것만큼 믿을 만한 게 어디 있을까.

나는 소파에 앉아 그런 우스운 상상을 하며 만지작거리고 있던 성경을 펼쳤다. 내가 교회를 안 가는 대신, 엄마는 나를 감화시키기 위해 책상 앞에 앉히고 성경의 곳곳을 펼쳐 이야기를 읽어 주곤 했다. 나는 그 이야기들에 흥미를 느끼지 못했는데, 그럼에도 유일하게 관심을 보였던 이야기가 있다. 예수가 사람들의 병을 고치는 이야기였다.

예수께서 거기서 떠나사 갈릴리 호숫가에 이르러 산에 올라가 거기 앉으시니, 큰 무리가 다리 저는 사람과 장애인과 맹인과 말 못 하는 사람과 기타 여럿을 데리고 와서 예수의 발 앞에 앉히매 고쳐 주시니, 말 못 하는 사람이 말하고 장애인이 온전하게 되고 다리 저는 사람이 걸으며 맹인이 보

는 것을 무리가 보고 놀랍게 여겨 이스라엘의 하나님께 영
광을 돌리니라.

(마태복음 15:29-31)

나는 기어코 그 페이지를 찾아내어 읽었다.

나도 어떻게 기억해 낸 건지 모르겠다. 아마도 내 몸이
기억하고 있는 것 같았다. 여러 단어 중에 '맹인'이라는 글
자가 내 눈에 들어왔다. 전에는 스쳐 지나가듯이 읽었던
단어였는데, 지금은 유독 눈에 밟혔다.

아빠가 돌아가시고, 교회를 다니며 신앙심이 깊어진
엄마의 심정을 조금은 이해할 수 있을 것 같았다. 엄마도
처음엔 마음의 짐을 감당할 수 없어 그것을 덜어 내고픈
심정으로 교회에 발을 디뎠을 것이다. 그러다 공부가 깊
어질수록, 영적 체험과 성장이 이뤄졌을 것이다. 성령이
임하시고 은혜를 받게 되었을 것이다. 상처는 자연스럽게
치유되고 그 자리엔 신의 은총이 깃들었을 것이다.

나는 마태복음 15장 29-31절을 반복해서 읽었다.

한 번 더, 한 번 더, 한 번 더 읽었다.

나는 조금씩 엄마를 이해하는 과정에 있었다.

그때, 도어 락의 비밀번호를 누르는 소리가 들렸다.

엄마가 일터에서 돌아왔다. 그녀는 문을 열고 들어와

현관에 있는 나의 신발을 확인하고, 재빨리 고개를 들어 소파에 앉아 있는 나를 바라보았다.

"왜 연락도 없이 왔어."

엄마는 소파에 가방을 내려놓고 내 옆에 앉으며 말했다. 나는 성경을 테이블에 조심스럽게 올려놓았다. 엄마는 그 모습을 바라보더니 약간 들뜬 목소리로 물었다.

"교회 다니니?"

"아니."

"주말에 선아랑 같이 다녀 봐. 일찍 일어나고 얼마나 좋아."

"주말은 푹 쉬는 날이야."

"밥은 먹었어?"

"아직 안 먹었어. 배고파."

"밥해 줄게. 마침 어제 고기 사 놨는데 잘됐다."

엄마는 옷도 갈아입지 않고 나를 위해 요리를 해 주었다. 나는 그 뒷모습을 물끄러미 바라보다가, 가만히 있을 수 없어서 옆에서 요리를 거들었다. 그래 봤자 먹다 남은 된장국을 데우며 휘젓는 것뿐이었지만.

"엄마."

나는 국을 휘저으며 말했다.

"응?"

"아빠 보고 싶지."

엄마는 대답 없이 고기를 구웠다.

"너무 당연한 걸 물었나."

머쓱해진 내가 말했다.

"아빠는 지금도 옆에 있어."

엄마가 입을 열었다.

"보이지 않는다고 사라지는 건 아니야."

나는 엄마가 굽고 있는 고기를 바라보았다. 그녀를 똑바로 쳐다볼 수가 없었다.

요리를 마치고 식탁에 앉았다. 배달 음식이나 인스턴트가 아닌 오랜만에 먹어 보는 집밥이었다.

"잘 먹겠습니다."

"오랜만이지? 집밥."

엄마는 나의 생각을 꿰뚫었다는 듯이 웃으며 물었다.

"응."

"선아랑은 어떻게 먹어?"

"시켜 먹거나, 밀키트로 조리해 먹지. 요즘엔 잘 나오니까."

"그래도 가끔은 같이 장도 보고 요리도 해서 먹어 봐."

내가 선아와 오랫동안 교제하고 있기 때문에 엄마는 그녀를 잘 알고 있었다. 엄마는 선아를 무척 마음에 들어 했고, 그건 선아 쪽도 마찬가지였다. 그런 엄마 앞에서 선아가 실명되었다는 이야기를 어떻게 꺼내야 할까 망설여졌다.

"무슨 일 있어?"

엄마가 물었다.

역시 엄마다.

그녀는 나의 표정으로 감정을 읽어 내는 능력이 있다.

"엄마."

나는 용기를 내어 입을 열었다.

"선아가 앞이 안 보여."

"응?"

"실명됐어. 지금 병원에 입원 중이야."

"앞이 안 보인다고?"

"응."

엄마는 젓가락을 내려놓았다. 대화의 내용을 해석하는
데 시간이 걸리는 듯했다.

"너, 장난치는 거 아니지?"

"이런 걸로 장난을 왜 쳐."

"아예 안 보인다고?"

"응. 앞이 하얗게 보인대."

"어쩌다가 그런 건데?"

"저번 주 토요일 아침에 일어났는데 갑자기 앞이 안 보
인다고 나를 깨웠어. 지금은 병원에서 검사받고 치료 중
이야."

"하루아침에 그럴 수가 있어?"

"그러니까. 나도 황당한데 선아는 얼마나 무섭겠어."

식탁엔 침묵이 감돌았다. 엄마는 하얀 암흑 속을 걷고 있을 선아를 상상하면서 숙연해진 듯 보였다. 그러나 내 예상은 반만 맞았다.

"너는 어떠니?"

엄마가 말했다. 그녀는 선아를 걱정하는 동시에 나를 걱정하고 있었다. 누가 엄마 아니랄까 봐. 자기 자식이 먼저 걱정되는 건 전국에 있는 부모님이 같은 마음일까.

나는 말하고 싶었다. 조금 무섭다고. 아니, 많이 무섭다고.

눈물을 왈칵 흘리며 엄마를 껴안고 싶었다.

나는 그 대신 된장국을 한 숟가락 입안에 넣고 말했다.

"모르겠어. 그냥 멍해."

＊

일요일 아침까지 엄마의 집에서 머물기로 했다.

오랜만에 들르기도 했고, 무엇보다 선아가 없는 텅 빈 집으로 돌아가는 게 두려웠기 때문이다.

점심은 엄마와 외식을 하고 동네를 거닐었다. 11월치고 따뜻한 날씨였다.

"아들이랑 이렇게 걷는 거 오랜만이네."

엄마가 말했다.

"좋지."

"응. 좋네."

엄마는 주변 풍경을 둘러보며 여유롭게 산책을 했다. 나는 면담실에서 초점 없는 눈빛으로 바닥만 보던 선아의 모습이 자꾸만 떠올랐다. 이제는 그녀가 주변 풍경을 둘러보는 일은 없을 것이다. 매년 벚꽃이 필 때마다 활짝 웃으며 사진을 찍어 달라고 하는 선아의 목소리를 듣지 못할 수도 있다. 나는 그런 생각들을 하며 걸었다.

엄마는 나뭇잎이 다 떨어진 발가벗은 나목을 보면서도 미소를 지었다. 아빠가 돌아가시고 깊은 우울증에 시달렸던 엄마의 모습은 이제 온데간데없다. 사람은 무언가로 인해 곤두박질치기도 하고, 다시 무언가로 인해 살아갈 힘을 얻기도 한다. 그 무언가는 같은 사람이 될 수도 있고, 어떤 물건이 될 수도 있으며, 보이지 않고 만져지지 않는 어떤 초월적인 존재에 대한 믿음이 될 수도 있다.

나는 엄마와 산책을 하며 약간의 희망을 얻었다.

이 시련도 무사히 지혜롭게 넘길 수 있는 힘이 선아에게, 그리고 나에게 주어져 있지 않을까 하는 희망 말이다.

산책을 마치고 엄마와 함께 집으로 돌아와 낮잠을 자

던 중, 전화가 와서 깼다. 선아였다.

"여보세요?"

"오빠."

"응. 선아야."

"이거 내가 전화 건 거야. 혼자 힘으로 해 봤어. 열 몇 번 만에 성공한 거 같아."

"이야, 대박인데."

나는 그녀가 혼자의 힘으로 전화를 걸어 온 것이 기특해 소파에 누워 있던 몸을 일으켰다.

"그런데 목소리가 울리네. 지금 어디야?"

내가 물었다.

"화장실이야. 이제 화장실 정돈 혼자 들락거릴 수 있어."

"그래도 아직은 위험하니까 부모님이랑 같이 다녀."

"아니야. 연습해야지. 이제 다 혼자서 해야 할 텐데."

"무슨 말이야." 내가 말했다. "내가 옆에 있는데."

"아니, 내 말은 그 뜻이 아니라."

선아는 생각할 시간이 필요했는지 잠시 뜸을 들였다.

"어느 정도까진 나 혼자서도 할 수 있다는 걸 보여 주고 싶다고. 내 성격 알잖아 오빠."

"그래. 똑순이 어디 안 가지."

"나 왜 화장실에서 통화하는지 안 궁금해?"

"그러게. 왜 거기서 해?"

"엄마랑 아빠가 나한테서 떨어질 생각을 안 해. 내가 혹시 어디 부딪혀서 다칠까 봐 걱정되나 봐. 여기 병동은 손잡이랑 점자 블록이 잘되어 있어서 화장실 정돈 혼자 다닐 수 있다고 해도 귓등으로도 안 들어. 그래서 내가 화장실까지 따라오면 이제 화낸다고 했어."

"지금도 몰래 따라오신 거 아니야?"

"그럴지도 몰라."

"부모님 마음이 다 똑같지 뭐. 다칠까 봐 걱정하시는 거지."

"그건 이해하는데……."

선아는 숨을 고르고 말을 이었다.

"엄마가 내 침대 옆에 앉아서 계속 한숨 쉬고 눈물 흘리고 그러니까 힘들어. 내가 안 보이니까 소리만 감추면 안 들킬 줄 아는 거 같아. 그런데 심지어 소리도 못 숨겨. 이래서 내가 가족들한테 말 안 한다고 했던 거야."

"……무슨 말인지 알 거 같아."

"난 분명 예전이나 지금이나 똑같은 윤선아인데. 마치 나를…… 다 죽어 가는 사람처럼 대하니까 기분이 이상해. 분명 살아 있는데, 입관하는 기분이야. 내가 말했던 그 꿈 있지. 내 묘비 앞에서 우는 부모님 꿈. 어쩌면 그게 예지몽이었나?"

선아는 울먹이며 쉬지 않고 말을 이어 갔다.

"그래서 좀 낯설어. 분명 내가 사랑하는 부모님인데, 이틀 동안 내 앞에서 한숨만 계속 쉬고 울기만 하니까 뭔가 낯설어. 나를 똑같이 대해 줬으면 좋겠어……. 예전처럼. 안 그래도 힘든데. 나 때문에 사랑하는 사람들이 고통스러워하는 모습을 보니까 더 힘들어."

"너도 이해가 되고, 부모님 마음도 이해가 가."

내가 말했다.

"그러니까 당분간은 나한테 다 말해. 다 들어 줄게."

"응 고마워."

선아가 말했다.

"뭔가 외로워서 그랬어. 외롭고 무서워서. 나를 대하는 게 달라져서. 그런데 부모님한텐 직접 말을 못 하겠더라. 나를 사랑해서 그러는 거니까. 그래서 화장실에서 몰래 통화하는 거야."

나는 선아를 끌어안고 등을 토닥여 주고 싶었다.

그러나 나는 청주에 있는 엄마의 집에 있었고,

그녀는 서울에 있는 대학 병원의 화장실에 있었다.

＊

일주일 만에 출근을 했다.

나는 앱 개발사에서 데이터를 관리하는 백 엔드 개발

자로 근무하고 있다. 스물일곱 살에 얻은 두 번째 직장으로 올해로 2년 차다.

"형수님이랑 어디 놀러 갔어요?"

나와 가장 친한 동료이자 동생인 윤조가 나의 어깨를 툭툭 밀치며 물었다. 나의 갑작스러운 휴가의 연유에 대해 잔뜩 궁금한 표정이었다.

"안 놀러 갔어."

내가 말했다.

"에? 그럼 휴가는 왜 쓰신 거예요?"

직장인들에게 있어 휴가란 지루한 일상에서 벗어나는 일탈 도구. 그 이상도 그 이하도 아니었다. 어디론가 놀러 가야 하거나 하고 싶은 걸 다 하면서 실컷 쉬어야만 했다.

"여자 친구가 아파서 일주일 동안 간호해 줬어."

내가 그렇게 말하자 윤조의 물음은 그쳤다. 어디가 아픈지, 얼마나 아픈지는 물어보지 않았다. 직장인이 휴가를 쓰면서까지 간호해 줄 정도로 아프다면, 더는 묻지 않는 편이 나을 것이라고 스스로 판단했을 것이다.

일상에 많은 변화가 있었던 나의 휴가에 비해, 회사의 단조로운 분위기는 여전히 그대로였다. 나와 선아에게 들이닥친 현실과 지금 내 눈앞에서 벌어지고 있는 단조로운 업무들 사이에 느껴지는 괴리감을 꾹꾹 억누르며 나는 일을 했다.

동료들의 최대 고민은 오늘 점심에 뭘 먹는지에 관한 것이었다. 평소였으면 나도 그들 사이에 껴서 같은 고민을 했겠지만, 지금의 나에겐 더 큰 고민이 있었다.

그 고민이 구체적으로 무엇인지는 아직 문장으로 풀어낼 수 없었다. 그저 막연한 걱정들이 나의 머리를 가득 채웠다.

퇴근을 하고 씻고 누워 선아와 통화를 했다.

이토록 길게 통화를 하는 건 오랜만이었다. 그동안 함께 살았기 때문에 길게 통화를 할 일은 좀처럼 없었기 때문이다.

선아는 병원에서 받은 치료 일정과 곧 퇴원할 수 있다는 소식, 그리고 병원 밥은 여전히 맛이 없다는 이야기를 해 주었다.

전화를 끊고 나는 책을 펼쳐 읽었다. 그저께 주문한 시각 장애인과 관련된 책들이었다. 시각 장애인이 직접 쓴 에세이나, 안과 전문의가 쓴 의학 서적 등 가리지 않고 구매했다. 그리고 잠들기 전엔 시각 장애인 유튜버의 영상을 틀어 놓았다. 하도 많이 봐서 알고리즘 추천 영상에 관련된 영상밖에 올라오지 않았다.

나는 영상에서 배운 대로 집 안의 구조를 단순화하기로 했다. 방과 화장실을 오고 가는 길목에 걸리적거리는 장애물이 없게끔 만들었고, 전체적인 가구 배치도 단순하게 바꾸었다. 땀을 뻘뻘 흘리며 가구들을 옮겼다.

그리고 모서리가 튀어나온 가구들에 붙일 실리콘 보호대도 구매했다. 결혼하고 아이를 가진 친구들이 구매하고 사용하는 걸 본 적이 있었는데, 아직 아이도 없는 내가 이렇게 잔뜩 구매할 줄은 몰랐다.

며칠 뒤, 선아가 퇴원을 했다.

그녀는 부모님의 집에서 지내며 한 달에 두 번씩 통원 치료를 받고, 주말은 나와 함께 보내기로 했다.

선아는 어머님과 함께 점자를 공부하고, 시각 장애인들이 이용하는 서비스들에 익숙해지는 연습을 했다. 내가 제일 놀랐던 것은 핸드폰에 있는 음성 안내 기능이었다. 보이스오버라고 불리는 이 기능은 화면을 터치할 때마다 그것에 대한 항목과 설명을 음성으로 안내해 주는 서비스였다. 선아와 같은 브랜드의 핸드폰을 8년 가까이 쓰면서도 모르고 있던 기능이었다. 그녀는 종종 간단한 메시지를 보낼 수 있을 정도로 보이스오버 기능에 익숙해지고 있었다.

그것의 증거물로, 어느 날 아침 선아는 내게 메시지를 보냈다.

[오늘도 힘네!]

★

주말이 되고, 선아는 2주 만에 우리가 함께 지냈던 집으로 돌아왔다. 그녀는 단순하게 바뀐 가구 배치를 낯설어 했다. 3년 동안 한 번도 바꾸지 않은 집의 구조였기 때문에 그럴 수밖에 없었다.

"괜히 바꿨나?"

내가 물었다.

"아니야. 그래도 고마워. 내 생각 해서 바꾼 거잖아."

선아는 한 손으로 벽을 짚으며 천천히 집 안을 한 바퀴 걸었다. 바뀐 집의 구조를 머릿속에 그리고 입력하는 과정이었다. 나는 그녀의 나머지 손을 잡고 따라 걸었다.

선아는 실명된 지 얼마 안 된 저번 주랑은 느낌이 달랐다.

안절부절못하던 저번 주와는 달리, 지금은 많이 차분해졌다. 그녀는 침대에 늘어져 누워 뒹굴거리다가 밥때가 되면 배달 음식을 시켜 먹고 다시 누웠다. 선아는 주로 이어폰을 꽂고 오디오 콘텐츠와 음악을 즐겨 들었다. 가끔씩 침대에서 한 발짝 나올 때도 있었는데, 그마저도 스트레칭만 잠깐 하고 다시 누웠다. 시신경척수염이라는 병명을 진단받고 그녀는 현실을 받아들인 것 같았다.

"선아야."

나는 뒤돌아 누운 선아를 불렀다.

"응?"

"걷는 게 아직 무서워?"

나의 물음에 선아는 한동안 대답을 하지 않았다. 그녀가 듣고 있던 음악이 이어폰에서 미세하게 새어 나왔다.

"응."

선아가 입을 열었다.

"무섭지 당연히. 오빠도 눈 감고 한번 걸어 봐."

"나도 해 봤어." 내가 말했다. "나 혼자 있을 때 10분 동안 눈 감고 생활해 봤는데 너무 무섭더라."

"그럼 잘 알겠구면."

"한번 일어나 봐."

나는 침대에서 일어나 손을 뻗으며 말했다.

"왜?"

"같이 물 마시러 가자."

그녀는 귀찮아하는 듯 보였지만 내 말에 순순히 따랐다.

"내 팔꿈치 잡으면 돼."

나는 공부한 대로 시각 장애인 안내 보행법을 해 보기

58

로 했다. 선아는 나의 한쪽 팔꿈치를 잡고 대각선 방향으로 반보 뒤에서 걸었다. 나는 선아와 함께 물을 마시고, 의자에 앉혀도 보고, 바닥에 떨어진 양말을 주워 빨래통에 넣어 보기도 했다.

"걷는 게 무서우면 나한테 말해. 내가 도와줄게."

선아는 고개를 끄덕거렸다. 그리고 대뜸 이렇게 말했다.

"나랑 춤추자."

"응? 춤?"

선아는 나의 오른손에 깍지를 끼고 반대 손은 내 어깨에 걸쳤다.

"내 허리 잡아."

선아가 말했다. 나는 그녀의 허리를 한 손으로 둘렀다.

"내가 움직여 볼게. 어디 안 부딪히게 오빠가 보호해 줘."

우리는 주말 대낮부터 뜬금없이 춤을 추기 시작했다. 춤의 흐름은 선아가 이끌었다. 나는 가구나 벽에 부딪히지 않도록 그녀의 힘의 방향을 부드럽게 틀기만 했다. 그렇게 우리는 한 번도 부딪히지 않고 거실과 부엌을 돌아다니며 춤을 추었다. 선아는 신이 났는지 어린아이처럼 활짝 웃었다.

"이게 너무 하고 싶었어."

선아가 말했다.

"이렇게 원 없이 집을 휘젓고 다녀 보고 싶었어. 어디 부딪힐 걱정 안 하면서. 그동안 너무 답답했거든.”

우리는 땀이 날 때까지 무아지경으로 춤을 추었다. 슬슬 숨이 차오를 때쯤 우리는 춤을 멈추고 물을 한 컵 마셨다.

“간만에 운동 제대로 했다.”

내가 말했다.

우리는 침대에 누워 숨을 골랐다.

“만약에.”

선아가 말했다.

“정말 만약에 시력이 다시 돌아온다면. 나는 진짜 열심히 살 거야. 불평불만도 안 하고, 모든 일에 감사하면서 살 거야. 하루를 낭비하지 않을 거야. 조금 두려워도 도전을 멈추지 않을 거고, 눈에 들어오는 모든 것들을 사랑해 줄 거야.”

나는 그녀의 말을 듣고 잠시 생각에 잠겼다.

“넌 원래 그렇게 살았어.”

내가 말했다.

“원래 열심히 살았고, 감사할 줄 알고, 도전할 줄 알고, 사랑할 줄 아는 애였어. 심지어 지금도 그렇고.”

“아니야.”

선아가 말했다.

“아니야…… 절대 아니야. 내가 알아. 나는 내가 제일 잘 알아. 나는 투덜이였어. 겉으로 표현을 안 한 거지. 내가 속으로 얼마나 투덜대고 징징댔는데. 감사할 줄 모르고 불평불만을 얼마나 늘어놓았었는데. 두려움 때문에 얼마나 많은 것들을 도전해 보지 못했었고, 얼마나 많은 사람들을 미워했었는데.”

“그래. 너는 네가 제일 잘 알지.”

“그거 알아? 나 심지어 지금도 투덜대고 있어. 시력을 되돌려 달라고.”

선아는 쓸쓸한 미소를 지었다.

그녀의 꿈은

집에서 도보로 10분 정도 거리에 산이 하나 있다.

주말에 종종 선아와 그곳을 오르곤 했다.

해발 높이 200미터 가량, 그렇게 낮지도 높지도 않은 산의 정상에 오르면 동네의 모든 빌라와 아파트가 눈에 들어왔다. 고래 같던 버스도 기껏해야 파리 크기로 바뀌는 그곳에서 동네를 내려다보고 있으면 여러 생각이 들었다.

저들이 오늘을 살아가는 힘은 무엇일까.

무슨 생각을 하고, 어떤 일을 하며, 몇 개의 상처를 품고 있을까. 몇 번의 사랑을 해 봤고, 어디서 왔으며, 어디로 가는 중일까.

그들의 꿈은 무엇일까.

나는 이 모든 것이 궁금했다.

죽음이라는 같은 종점을 향해 달려가는 나와 그들의 처지가 불현듯 가엾게 느껴지기도 하고, 대견하게 여겨지는 이상한 감정의 교차 속에서 풍경을 바라보았다.

산의 정상은 내게 그런 공간이었다.

그러나 선아는 다른 듯했다. 그녀는 정상에 올라 아래를 내려다볼 때마다 늘 똑같은 말을 내뱉었다.

"너무 예뻐."

풍경에 절대적인 것은 없다는 것을.

나는 선아를 통해 알게 되었다.

우리는 모두 각자의 안경을 끼고 풍경을 바라본다.

풍경은 지극히 상대적인 것이다.

＊

유치원에 다닐 때 나의 꿈은 소방관이었다.

초등학교 3학년 땐 과학자였고 5학년 땐 야구 선수였다.

중학교 1학년 땐 심리학자였다가, 3학년이 되고 엄마의 권유로 공무원으로 바뀌었다. 적지만 안정적인 봉급과 연금으로 노후에 이만한 것이 없다는 게 현직 공무원인 그녀의 지론이었다.

고등학교 1학년이 되고 교육행정 공무원으로 구체화되었다.

그러나 이 꿈도 오래가지 못했다.

2학년 때부턴 엄마에 대한 반항심과 나의 흥미로 인해 프로그래머로 바뀌었다. 그래서 대학을 컴퓨터 공학과로 진학을 했다.

군대를 다녀오고 복학을 해 졸업을 했다.

나는 3년간의 대학 생활을 통해 프로그래밍에 재능도 흥미도 딱히 없다는 것을 깨달았다. 그래서 엄마의 오랜 바람대로 졸업 전부터 공무원 시험을 준비하게 되었다.

그리고 3년 동안 모든 시험에서 낙제했다.

나는 좌절했고 우울증에 시달렸다.

누군가는 말한다.

청춘의 실패는 실패가 아니라 훈장이라고.

그래서 마음껏 도전해야 한다고.

반면, 다른 누군가는 이렇게 말한다.

청춘은 포기하는 법을 배우는 때라고.

시험에서 모두 낙제하고 나는 1년간 자취방에 틀어박혀 게임만 하며 지냈다. 나의 이런 폐인 같은 모습을 보고 있던 대학 선배는 내가 안쓰러웠는지 자신이 차린 스타트업에서 일해 보지 않겠냐며 그럴싸한 명함을 건넸다.

선아와 사귄 시점도 그곳에 입사한 지 몇 달 뒤였다. 그녀는 사무실 옆 건물 카페에서 근무하고 있었다.

은인인 줄 알았던 대학 선배는 오히려 반대였다.

최저 시급도 채우지 못하는 박봉에 업무는 퇴근을 하고 나서도 계속되었다. 스타트업의 비전은 실현 가능성이 적은 몽상에 가까운 목표를 내세웠고, 업무의 사이클은 비효율적이었다.

대표라는 이름을 걸었던 선배는 나에게 욕설에 가까운 폭언들을 내뱉었다. 그와 나 사이의 감정의 골은 더욱 깊어져만 갔다. 밀려오는 업무 스트레스와 선배의 압박 때문에 나는 불안 증세가 지속되었다. 출근길 전철에 오를 때마다 숨이 잘 쉬어지지 않고 심장이 두근거렸다.

선아는 나의 이런 모습이 걱정되었는지 함께 손을 잡고 정신과의 문을 두드렸다.

그리고 나는 공황 장애 진단을 받았다.

입사한 지 1년 만에 일을 그만두었다.

"우리 같이 살아 보는 건 어때?"

선아는 나의 건강 상태가 걱정되었는지 동거를 제안했다. 그녀의 돈을 더 보태서 조금 더 넓은 투룸으로 이사를 가 함께 살아 보자는 제안이었다.

"나는 괜찮은데, 네가 힘들지 않을까?"

내가 물었다.

"이럴 때 내가 옆에 있어 줘야지. 누가 있어 줘? 여자 친구 됐다가 어디에 써먹으려고."

선아가 말했다.

그렇게 동거를 한 지 3년의 시간이 흘렀다.

더디지만 은근하게 공황 장애는 조금씩 호전되었고, 처방받는 약도 줄여 가고 있다.

우리는 적금 계좌를 만들고 차곡차곡 돈을 모았다. 많지 않은 돈이었지만 미래의 청사진을 그리며 우리는 각자의 자리에서 부단히 일했다. 가끔씩 싸우고 화해도 하면서 사이는 더욱 돈독해졌다.

이제는 꽃길만 펼쳐져 있다고 믿고 있었다.

선아가 시각을 잃기 전까진.

★

선아와 사귄 지 한 달도 채 되지 않던 어느 날.

나는 그녀에게 이렇게 물었다.

"너는 꿈이 뭐야?"

"꿈?"

그녀는 고개를 갸웃거렸다.

"구체적으로 어떤 걸 말하는 거야? 장래 희망? 아니면 버킷 리스트?"

그녀의 예상치 못한 반응에 나는 당황했다. 꿈이라고 하면 어느 특정 직업밖에 떠올리지 않았던 나는 순간 부끄러워졌다.

"음…… 그러니까 하고 싶은 일……. 아니 그냥 하고 싶은 거 다."

내가 말했다.

"오빠는 뭔데?"

"나?"

나는 그동안 수없이 바뀌어 왔던 꿈의 변천사를 이야기했다. 유치원 때부터 대학에 입학할 때까지.

"사실 말이 좋아 바뀐 거지. 포기하는 과정이었어. 아니면 겁이 나서 도망쳤거나."

내가 말했다.

"나는 더했어, 오빠."

선아가 말했다.

"초등학생 땐 걸그룹 아이돌, 중학생 땐 배우였어. 그런데 나는 가족이랑 친구들이 꿈 깨라고 해도 안 바꿨어. 내 고집 알잖아."

"알지. 그 고집."

"지금은 카페 차리는 걸로 바뀌었지만. 나는 포기했다고 생각 안 해. 그냥 바뀐 거지. 그리고 그때 꿨던 꿈들이 부끄럽지 않아. 그런 꿈을 꿔 봤다는 것만으로도 기특해. 그때 아니면 꿀 수 없는 꿈들이니까."

그녀의 말을 듣고 있다 보니, 치우고 싶은 기억이었던

나의 꿈들이 소중한 추억처럼 느껴지기 시작했다.

"그래서, 지금 오빠의 꿈은 뭐야?"

"나는 그냥……."

내가 말했다.

"너랑 오래오래 사랑하기."

★

목요일 저녁,

선아의 어머님으로부터 전화가 왔다.

"네 어머님."

"원호야, 주말은 잘 보냈니?"

"네, 덕분에요. 보내 주신 반찬들 선아랑 맛있게 먹었어요."

평범한 안부 전화로 생각하던 내게 어머님은 뜻밖의 말을 건넸다.

"선아가 도통 방에서 나올 생각을 안 하네."

"방에서요?"

"응. 퇴원하고 나서부터 쭉. 혹시 거기서도 그랬나 싶어서 전화해 본 거야."

"여기서도 침대에 누워 있기만 했어요. 선아 말로는 평일에 점자 학원도 다니고 어머님이랑 매일 지팡이 보행 연습도 했다고 그러던데요? 그래서 피곤했겠다 싶어 여기선 쉬라고 했어요."

"아니야. 방에서 한 발짝도 나오질 않아."

그녀는 걱정 어린 투로 말했다.

"학원도 내가 데리고 가려고 했는데 안 간다고 떼써서 내가 직접 교재 사서 알려 준 거야. 그리고 지팡이 보행은 하려고 하지도 않아."

"아직 걷는 게 많이 무섭나 봐요."

"무서운 건 알겠는데……. 그래도 일단 해야 하지 않겠니. 저렇게 방 안에만 있으니 걱정이 이만저만 아니야. 아직 갈 길이 먼데……."

"그래도 어머님."

내가 말했다.

"조금만 기다려 주세요. 시간이 필요할 거예요."

그녀는 전화를 끊기 전에 반찬을 더 보내 주겠다고 말했다. 나는 감사하다는 인사말과 함께 전화를 끊었다.

방 안에서 나오질 않는 선아.

나는 상상이 되지 않았다.

그녀는 쉬는 날에도 늘 움직이는 편이었다. 무언가를 만들거나, 운동을 하거나, 하다못해 청소라도 하는 사람이었다.

그런 선아가 방 안에 틀어박혀 나오질 않는다니.

그러나 한편으론 이해도 됐다.

내가 그녀와 같은 처지였어도 아마 그랬을 것이다. 아니, 어쩌면 더했을 것이다. 뭘 해야 할지 몰라서, 할 수 있는 건 잠을 자거나 생각에 잠기는 것뿐일 것이다.

나는 3년 전, 공황 장애 진단을 받았던 때가 떠올랐다.

삶에 갑작스럽게 닥친 변화에 무뎌지려면 적지 않은 시간이 필요하다는 것을 나는 잘 알고 있었다.

★

"잘 부탁해."

"네 아버님. 조심히 들어가세요."

주말마다 선아는 아버님의 차를 타고 우리 집으로 왔다. 나는 차에서 내리는 선아를 부축했다. 그녀의 손엔 전에 보지 못했던 물건이 쥐어져 있었다.

"그건 뭐야?"

내가 물었다.

"접어서 쓰는 지팡이. 케인이라고 불러."

"케인?"

"응. 이름 멋있지."

"네가 붙인 이름이야?"

"뭐래. 지팡이가 영어로 케인이잖아. 시각 장애인들 사이에서 그렇게 부른대."

나는 머쓱해졌다.

"그거 써 봤어?"

"산 지 좀 됐는데, 잘 안 썼어. 엄마가 써 버릇해야 한다고 해서 갖고 온 거야."

"아직은 어색하겠다."

"어색한 거보다⋯⋯."

선아는 말을 멈췄다. 어떤 단어가 목구멍에 걸려 나오지 않는 듯한 모습이었다.

"나보고 리 신이래."

선아가 말했다.

"부모님 집 앞에 학원들 모여 있는 곳 있잖아. 거기 앞에 차가 별로 안 다녀서 엄마랑 지팡이 보행 연습을 하는데, 학생들이 나를 보고 '어, 리 신이다'라면서 지나가더라고."

리 신은 그녀와 내가 즐겨 하던 게임에 나오는 맹인 캐릭터의 이름이었다. 우리 두 사람 모두 그 뜻을 알고 있었기에, 대화는 끊기고 침묵이 내려앉았다.

"걔네 좀 혼나야겠네."

내가 말했다.

"뭘 혼내. 애들인데."

"학교에서 이런 걸 가르쳐야 하는데."

"애들 눈엔 내가 신기하겠지. 솔직히 나도 예전엔 그랬었고."

나는 그런 말을 들으며 지팡이 보행을 연습하는 선아가 상상되어 가슴이 미어졌다.

"케인을 쓰는 것도 어쩌면 용기가 필요한 일이겠네."

내가 말했다.

"응 맞아. 그래서 익숙해지려고."

선아가 말했다.

"오빠. 우리 공원까지 걸어갈까? 나 보행 연습하는 것 좀 도와줘. 옆에서 지켜보기만 해 주면 돼."

"응 알겠어."

"공원에 좀 있다가 카페 들르자."

그녀가 말하는 카페는 공원 옆에 있는 자신의 직장을 말하는 것이었다.

"사장님께 말씀 드리려고?"

"응. 그만둔다고 말씀 드려야지. 언제까지 아프다고만 할 수 없으니까."

선아는 접혀 있던 케인을 쭉 펼쳐 길게 만들었다. 지팡이는 희고 생각보다 길었다. 바닥에서부터 그녀의 겨드랑이까지 닿는 길이였다.

"자, 봐."

선아는 케인을 잡은 손을 자신의 배꼽에 두고 말했다.

"이렇게 왼쪽 오른쪽을 번갈아 찍으면서 앞으로 걷는 거야. 이걸 이점촉타법이라고 불러."

그녀는 어깨너비보다 조금 더 넓은 범위로 양쪽 바닥을 찍어 가며 앞으로 나아갔다. 왼쪽을 찍을 땐 오른발, 오른쪽을 찍을 땐 왼발이 나가는 식이었다.

"잘하는데?"

나는 선아의 능숙한 보행을 지켜보며 말했다.

그렇게 우리는 골목길을 천천히 빠져나와 큰길에 있는 인도로 걸었다. 차들이 다니는 골목길보단 인도가 더 안전했기 때문이다. 인도를 걷다 보면 횡단보도나 정류장의 위치를 알려 주는 노란색 점자 블록이 나왔다.

선아는 직진을 알리는 일자 모양의 블록과 멈춤을 알리는 점자 모양의 블록을 구분하며 천천히 공원을 향해 걸었다. 실명이 되고 초행길이었기 때문에 나는 적절히 위치를 알려 주며 도와주었다.

우여곡절 끝에 공원에 도착했다.

평소엔 10분도 걸리지 않던 거리를 30분이 넘도록 걸었다. 우리는 잔뜩 긴장한 몸을 풀기 위해 벤치에 앉았다. 선아는 지팡이를 접고 안도의 한숨을 쉬었다.

"고생했어."

나는 그녀의 손을 잡으며 말했다.

"나 때문에 너무 오래 걸렸지."

선아가 말했다.

"아니야. 안 다치고 도착한 게 중요하지."

조금 느릴지라도 선아는 선아만의 속도로 걸었다.

그리고 무사히 목적지에 도착했다.

선아는 앞으로도 그럴 것이다.

그녀는 그녀만의 속도로 걸을 것이다.

시간이 오래 걸릴지라도 결국엔 그녀가 원하는 목적지
엔 그녀가 있을 것이다.

★

주말의 공원엔 나들이 온 가족들과 연인들, 산책 나온
노인과 반려견으로 북적였다. 우리는 벤치에 앉아 숨을
골랐다. 선아는 풀 내음을 맡으며 주변 소리에 귀를 기울
이고 있었다.

"저 웰시 코기는 엉덩이가 진짜 커."

나는 앞이 보이질 않는 선아에게 공원의 풍경을 설명
해 주었다. 그녀는 나의 설명을 들으며 머릿속에 그림을
그렸다. 나는 선아의 그림을 조금이라도 더 풍성하게 만
들어 주고 싶어서 자세히 묘사했다.

"저기 반대편 벤치에 앉은 커플은 지금 세 번째 뽀뽀하고 있어."

내가 말했다.

"우리도 할까?"

선아가 물었다.

나는 대답 대신 선아에게 입을 맞췄다.

우리는 짧게 웃었다.

"이럴 줄 알았으면…… 오빠 얼굴 좀 많이 봐 둘걸."

선아가 말했다.

"핸드폰만 보지 말고. 하늘도 보고, 책도 좀 보고, 친구들도 만나고, 엄마 아빠랑 동생도 자주 보러 갈 걸 그랬어."

나는 선아를 물끄러미 바라보았다.

삶에 예고도 없이 닥친 갑작스러운 시련은 여러 후회를 남기고 삶의 우선순위를 깨닫게 해 준다.

"지금 나 보고 있지?"

선아가 물었다.

"어떻게 알았어? 귀신같네."

"나 제3의 눈이 떠진 것 같아."

그녀가 웃으며 말했다.

"나도 널 많이 봐 둘 거야."

내가 말했다.

"안 돼. 오빠까지 나처럼 되면."

"아니, 내 말은."

나는 잠시 뜸을 들였다.

"죽기 전까지 많이 봐 둔다는 거야."

"뭐야, 오글거리게."

선아는 나의 어깨를 때렸다. 혹여 빗나가서 나의 얼굴을 맞추진 않을까 걱정됐는지 평소보다 살살 쳤다. 그녀는 고개를 돌려 하늘을 올려 보며 말했다.

"나 구름 보는 거 엄청 좋아했는데."

"지금은 하나도 없어."

내가 말했다.

"말해 주지 마. 제3의 눈으로 보고 있는 중이니까."

선아는 눈을 감으며 말했다.

"그건 어디에 달려 있는 건데? 이마?"

"아니. 여기에."

나의 물음에 선아는 자신의 명치를 가리켰다.

그녀가 말한 제3의 눈은 마음을 가리킨 것이었다.

우리는 벤치에서 일어나 걸었다.

선아는 케인을 펼치지 않고 나에게 팔짱을 끼고 걸었다.

"어, 여기 잔디밭인가?"

선아가 말했다.

"응 맞아."

그녀는 발의 감각만으로 잔디밭에 올라와 있다는 사실을 알아챘다.

"주변에 사람 많아?"

선아가 물었다.

"아니. 여긴 우리밖에 없어."

"나 혼자 한번 걸어 볼래."

그녀는 내게 꼈던 팔짱을 풀고 혼자서 걷기 시작했다. 처음에 조심스러웠던 그녀의 걸음은 보폭이 서서히 커지면서 거침없어졌다. 나중엔 양팔을 활짝 벌리고 빙글빙글 돌기 시작했다. 선아의 얼굴엔 미소가 번졌다. 그녀의 미소를 보자 나도 덩달아 웃음이 났다.

"조심해. 그러다 다친다."

나는 그렇게 말해 놓고 선아가 더 원 없이 잔디밭을 누볐으면 좋겠다고 생각했다. 며칠 전, 그녀의 어머님과 나눴던 통화가 떠올랐기 때문이다.

방 안에서 나오질 않는.

침대 밖으로 발을 내딛는 게 두려운.

리 신이라고 놀림받은.

선아.

그녀는 지금 그 장면들을 모두 털어 버리는 중이라고. 나는 생각했다.

그때, 거침없이 돌던 선아는 제 발에 걸렸는지 앞으로 고꾸라졌다. 나는 놀란 마음에 그녀에게 달려갔다.

"괜찮아?"

철푸덕 엎어져 있는 선아의 어깨를 흔들며 말했다. 그녀는 한동안 미동도 없이 가만히 있었다. 그러곤 갑자기 몸을 뒤집어 배를 까고 누워 큰소리로 웃었다. 그녀의 웃음소리를 듣고 나는 안도의 한숨을 내쉬었다.

"그러게 조심하라니까."

"생각보다 별로 안 아파."

선아가 말했다.

"오빠도 한번 누워 봐. 엄청 푹신해."

나는 선아의 옆에 따라 누웠다. 그녀의 말대로 잔디와 패딩 덕분에 푹신했다. 우리는 한동안 하늘을 바라보며 누워 있었다.

"나는 이제 넘어지는 게 무섭지 않아."

선아가 말했다.

"막상 넘어져 보면 별거 없지."

내가 말했다.

"오빠. 이제 가야겠다."

"카페로?"

"응."

그녀는 옅은 미소를 지으며 고개를 끄덕였다.

✱

선아가 일하는 곳은 공원 근처에 있는 개인 카페였다.

블랙 앤 화이트 톤의 인테리어, 독특한 복층 구조에 유동 인구가 많아 늘 사람들로 북적이는 곳이었다. 나와 동거를 시작하고 얼마 되지 않아 일자리를 옮겼으니 3년이 넘도록 이곳에서 근무한 셈이었다.

40대 초반 여성인 카페의 사장은 트렌디한 감각과 온화한 성격으로 직원들의 사랑을 듬뿍 받는 보기 드문 상사였다. 선아는 입이 닳도록 그녀를 칭찬하며 본받고 싶다고 말했다. 그리고 사장 또한 선아의 똑 부러지고 꼼꼼한 스타일을 마음에 들어 했다. 덕분에 그녀는 근무한 지 1년도 채 되지 않아 점장직을 달 수 있었다.

선아는 하루의 절반을 보냈던 그곳을 향해 걸어가고 있었다.

카페가 가까워질수록 그녀의 발걸음은 느려졌다. 매일 걷던 출근길이어서 그런지 선아는 앞이 보이지 않아도 어디쯤 왔는지 알고 있는 듯했다.

우리는 카페의 문을 열고 들어갔다.

나는 선아를 빈자리에 앉히고 주문대로 걸어갔다.

"사장님."

나는 직원들 사이에서 음료를 만들고 있는 그녀를 불렀다. 사장은 고개를 돌려 나의 얼굴을 확인하고 활짝 웃으며 다가왔다.

"오랜만이네. 원호 씨."

그녀가 말했다. 그리고 곧바로 표정이 어두워졌다.

"그런데 선아 많이 아픈 거야? 제대로 말도 안 해 줘서 걱정돼 죽겠어."

"같이 왔어요."

내가 말했다. 나는 선아가 앉아 있는 자리를 가리켰다.

"사장님께 드릴 말씀이 있대요."

선아를 발견한 그녀는 앞치마를 벗고 선아에게 다가가 맞은편에 앉았다. 선아는 사장의 목소리를 듣고 고개를 들더니, 이야기를 꺼내기도 전에 눈물을 터뜨렸다. 나는 대화 내용을 듣고 싶지 않아서 조금 떨어진 자리에 앉아 두 사람을 지켜보았다.

영문을 모르는 사장은 어리둥절한 표정으로 선아를 위로했다. 한참 동안 마음을 추스른 선아는 입을 열었다. 그녀의 이야기를 묵묵히 들으며 고개를 끄덕이고 있던 사장의 얼굴이 조금씩 심각해졌다. 결국엔 그녀도 눈물을 흘리기 시작했다.

나는 그 모습을 더는 볼 수 없어서 고개를 돌려 가게의 인테리어를 둘러보았다. 선아가 오랫동안 머무른 일터의 색깔과 공기와 소리에 집중했다. 그녀의 오랜 시간이 통과된 이 공간을 나도 함께 느끼고 싶었다.

시간이 얼마나 흘렀을까.

선아와 대화를 마친 사장이 내게 다가와 말했다.

"음료 마시고 싶은 거 말해요. 케이크도 종류별로 포장해 줄게요."

★

우리는 카페를 나와 집으로 돌아갔다.

선아는 지팡이 보행을 했고, 나는 옆에서 보조해 주었다.

"잘 말씀 드렸어?"

내가 물었다.

"응. 오빠랑 자주 놀러 오래. 음료 공짜로 준다고."

선아가 말했다.

"……그런데 다신 못 갈 거 같아."

우리는 더 이상 대화를 이어 가지 못했다. 선아는 보행에 집중했고 나는 교차로가 나올 때마다 위치를 알려 주었다.

집으로 무사히 돌아온 우리는 허기진 배를 채우기 위해 선아의 어머님이 보내 주신 반찬으로 상을 차렸다.

"왼쪽부터 멸치 볶음, 진미채, 장조림, 계란 후라이, 갓

김치야."

나는 그녀의 앞에 반찬을 일렬로 놓고 설명해 주었다. 반찬을 집을 때 헷갈리지 않도록 하기 위함이었다.

"어머님이 이번에도 맛있는 거 많이 주셨어."

"오빠." 선아가 말했다. "나 이거 맨날 집에서 먹는 거야."

"아. 그렇겠네."

"엄마한테 안 줘도 된다고 말해야겠어. 우리 주말엔 시켜 먹거나 다른 요리 해 먹자. 나도 옆에서 도와줄게."

"응, 그래."

"나는 엄마가 갑자기 우리한테 마음 쓰는 게 불편해. 평소에는 반찬 보낸 적도 없는데. 이건 마치 오빠한테…… 나를 부탁하는 거 같잖아. 나는 짐이 아니야. 사람이지."

"당연하지."

선아는 천천히 반찬을 집어 먹었다. 그녀가 집기 힘들어할 땐 내가 대신 집어 주었다. 우리는 말없이 식사에 집중했다.

"나 이제 뭐 해 먹고살지."

먼저 침묵을 깨뜨린 건 선아 쪽이었다. 너무나 현실적이고 중요한 문장을 그녀는 덤덤하게 내뱉었다.

"아빠가 알아봐 줬는데 대부분 안마사 자격증을 딴대. 아니면 맹인 학교 교사나 전화 상담사, 공무원, 속기사로 일하거나."

"시간은 많으니까 천천히 생각해 봐."

"다 싫어."

선아가 말했다.

"솔직히 다 하기 싫어. 전부 내 적성에 안 맞아."

나는 어쭙잖은 위로의 말조차 떠오르지 않았다. 마땅히 해 줄 말이 없어 고민하던 나의 입에서 나온 것은 뜬금없는 질문이었다.

"사람은 왜 꼭 어떤 일을 해야만 먹고살 수 있을까?"

내가 말했다.

"기술이랑 문명이 이렇게 발전했는데. 왜 아직도 많은 사람들이 일주일 중 대부분의 시간을 원치 않는 일을 하며 보내야만 생계를 유지할 수 있는 걸까?"

나의 급작스러운 독백에 선아는 잠시 생각에 잠긴 듯했다.

"……그러게."

선아가 말했다.

"너무 당연하다고 생각해서 의심조차 안 했던 거네. 오빠 왜 그런 거 같아?"

"음…… 잘 모르겠어."

내가 말했다.

"네 생각은 어때?"

"나도 모르겠어."

선아가 말했다.

"그냥…… 돈 많은 백수 노릇 하고 싶다."

내가 말했다.

"오빤 로또 당첨되면 뭘 하고 싶어?"

"음…… 너랑 여기저기 놀러 다니지 않을까?"

우리는 식사를 마칠 때까지 행복한 상상에 젖어 대화를 나눴다.

★

침대에 눕자마자 눈꺼풀이 스르르 감겼다.

새로운 데이트 방식에 적응하느라 피곤해진 몸에 식곤증까지 더해진 탓이었다. 선아는 이미 잠들어 있었다. 나는 그녀를 따라 여덟 시도 채 되지 않은 이른 시간에 잠이 들었다.

눈이 떠졌을 때, 어슴푸레한 새벽빛이 창을 물들이고 있을 때였다. 나는 시간을 확인했다.

6시 40분. 열 시간을 넘게 내리 잤다.

선아는 아직 깊은 잠에 빠져 있었다. 나는 그녀가 깨지 않도록 조심스럽게 침대에서 일어나 간단한 스트레칭을 한 후 부엌으로 가서 물을 한 컵 마셨다. 그리고 잠을 깨기 위해 거실 소파에 앉아 멍을 때렸다. 그 때, 테이블 위에 올려진 사진 몇 장이 눈에 들어왔다. 나는 그것을 집어 들어 확인했다.

한 달 전쯤, 선아가 폴라로이드로 찍은 사진들이었다. 그녀는 카페에 갈 때마다 폴라로이드 사진기를 챙겨 디저트와 음료를 찍는 습관이 있었다. 그렇게 찍은 사진들을 모아 노트에 붙여 메모를 하는 것이 그녀의 취미였다.

선아의 꿈은 디저트 카페를 차리는 것이었다.

메뉴부터 인테리어까지 모두 그녀의 입맛과 취향에 맞춘 디저트 카페. 대학에 진학하지 않은 선아는 스무 살 때부터 카페 아르바이트를 시작으로 일을 배워 갔다. 그때부터 그녀의 꿈은 바뀐 적이 없다. 선아는 주말마다 나와 함께 소문난 카페들을 순회하며 디저트를 맛보고 분석해 나름대로 데이터를 쌓았다. 바리스타 자격증과 제과제빵 기능사 자격증을 취득해 놓은 것은 이미 오래전 일이었다.

나는 사진을 들고 방으로 들어가 선아가 깨지 않도록 조심스럽게 책상에 앉았다. 책꽂이 한편엔 그녀가 디저트와 음료 사진을 모아 놓은 노트가 꽂혀 있었다. 나를 제외하곤 아무에게도 보여 주지 않던 그녀가 애지중지하는 노트였다.

나는 여러 권의 노트 중 한 권을 꺼냈다.

표지엔 『비밀 노트 3』이라는 제목과 날짜가 적혀 있었다. 제목을 이렇게 지어 놓으면 더 펼쳐 보고 싶을 텐데, 라고 나는 생각했다가 문득 일부러 이렇게 지었는지도 모르겠다는 생각이 들었다. 누군가 자신의 꿈을 알아주기를 바라는 마음으로 말이다.

나는 노트를 펼쳐 읽었다. 케이크, 수플레, 치아바타, 크루와상, 바게트 등 가지각색의 디저트와 빵 사진, 카페의 인테리어 사진이 붙어 있었다. 그리고 사진 밑엔 선아가 펜으로 쓴 짤막한 코멘트도 함께 적혀 있었다.

빵의 겉면이 너무 딱딱해서 씹기 힘듦. 겉을 얇게 만들어서 바삭바삭하게 하면 좋을 듯.

페이지를 넘겨 읽을수록 폴라로이드로 사진을 찍는 선아의 모습, 볼펜으로 코멘트를 꾹꾹 눌러 담는 선아의 모습이 떠올랐다. 곁에서 그 모습을 모두 지켜본 나는 더 이상 페이지를 넘길 수 없었다.

그녀의 꿈은 바뀔 것이다.

오랫동안 품었던 꿈을 수정한다는 건 어떤 기분일까.

나처럼 겁이 나서 포기하거나, 흥미를 잃어버리는 게 아니라.

피할 수 없는 시련으로 어쩔 수 없이 자신의 꿈을 포기한다는 건 도대체 어떤 기분일까.

나는 잠시 눈을 감고 선아가 되어 보기로 했다.

아찔했다.

억울했다.

짜증 났다.

슬펐다.

분했다.

세상이 무너지는 것 같았다.

실명이 되었다는 것은 단순히 앞이 보이지 않는다는 걸 뜻하는 게 아니었다. 보고 싶은 걸 보지 못하는 것에 그치지 않았다.

실명이 되었다는 것은 '꿈을 수정해야 된다는 것'이었다.

그토록 바라고 바라 왔던 꿈을. 잠자리에 누워 부푼 마음으로 상상했던 그 모든 장면들을 눈물을 머금고 지워야 한다는 것이었다.

어쩌면 이것이 제일 잔인한 점이었다.

나는 『비밀 노트 3』의 페이지 중간에 사진을 끼워 두고 다시 책꽂이에 꽂았다. 언젠가, 만에 하나 선아가 시력이 돌아오게 되면 다시 펼쳐 읽을 수 있도록. 혹여 돌아오

지 않는다 하더라도 내가 그녀 앞에서 노트를 읽어 줄 수
있도록.

선아는 과거에 꿨던 꿈들을 부끄러워하지 않는 사람이
니까.

코뿔소는
시력이 나빠서

그녀의 이마는 좁고 눈은 크다.

쌍꺼풀 수술을 했다고 사귄 지 2년 뒤에 고백했지만 나는 상관하지 않았다. 얼굴은 약간 긴 달걀형이다. 목뒤에는 작은 그믐달 모양 타투가 새겨져 있고, 왼쪽 광대와 오른쪽 턱 밑에 점이 있다. 턱 밑의 점은 언젠가 꼭 없애고야 말겠다고 선아는 늘 말하고 다녔다.

머리카락은 쇄골보다 약간 위쪽에 닿는 중단발을 몇 년째 고집하고 있다. 머리의 끝부분에 들어간 펌 덕분에 우아한 분위기를 풍긴다. 화장은 한 듯 안 한 듯한 연한 화장법을, 패션도 꾸민 듯 안 꾸민 듯한 스타일을 추구했다.

한 마디로, 선아는 예쁘다.

4년 전, 카페에서 일하고 있던 그녀에게 첫눈에 반했던 것도 무리는 아니었다. 먼저 연락처를 물어본 쪽은 숫기 없던 내가 아닌 선아였지만.

대학 선배의 스타트업에서 일하고 있던 스물일곱 살 때, 선아는 사무실 옆 건물 1층에 있는 카페에서 일하고 있었다. 나는 점심을 먹고 꼭 그곳에 들러 커피를 사 갔다. 규모가 작은 테이크 아웃점이었기 때문에 늘 그녀 혼자 근무를 하고 있었다.

선아가 에스프레소를 뽑고 있을 때마다 나는 질문을 던졌다. 그 작은 공간에서 커피를 기다리는 시간이 어색하다는 걸 명분으로 그녀에 대해 궁금한 걸 물었다. 나보다 세 살 어리다는 것, 힙합을 좋아하고 남자 친구는 없다는 것, 언젠가 자신의 카페를 차리는 게 꿈이라는 것.

이름은 윤선아라는 것.

나는 조금씩 그녀를 알아 갔다. 나의 이런 터무니없는 추파에도 선아는 친절하게 대답해 주었다. 나중에 알게 된 사실이지만 그녀도 나의 치근덕거림이 싫지만은 않았다고 했다.

몇 주 동안 말 많은 손님과 친절한 바리스타였던 우리 둘 사이는 선아가 건넨 영수증으로 인해 깨지고 말았다. 거기엔 갈색으로 적힌 그녀의 인스타그램 아이디가 적혀 있었다.

"이거 뭐로 쓴 거예요?"

내가 물었다.

"커피요."

"어떻게요?"

"이걸로요."

선아는 끝부분이 갈색으로 물든 이쑤시개를 들어 올리며 말했다.

"이런 식으로 연락처 주고받는 건 처음인데."

내가 말했다.

"그래서 싫어요?"

"아니요."

나는 웃으며 말했다.

"이 영수증 절대 안 버릴 거예요."

*

나는 그 영수증을 고이 접어 지금까지 지갑에 넣고 다닌다.

친구들이나 지인이 우리 둘 중 누가 먼저 호감을 표시했는지 물어보면 증거물로 그 영수증을 보여 주곤 했다. 선아는 부끄럽다며 언젠가 꼭 불태우겠다고 으름장을 놓았지만, 한 번도 나의 지갑을 건드리지 않았다. 말은 그렇게 해도 우리의 소중한 추억이 담긴 물건이라고 여기는 것이다.

나는 소파에 누워 오랜만에 지갑에서 영수증을 꺼내

보고 있었다. 커피로 쓴 그녀의 인스타그램 아이디가 많이 바래 있어 알아볼 수 없었다.

"뭐 해?"

선아가 물었다.

"영수증 꺼내서 보는 중."

"그거 언제 버릴 거야?"

"내 묘지에 나랑 같이 묻어야지."

그녀는 나의 대답이 마음에 들었는지 흡족한 미소를 지었다.

"오빠 나 봐 봐."

나는 누워 있는 몸을 일으켜 앉아 그녀를 보았다.

"응. 보고 있어."

"내 눈 어때?"

"예뻐."

"그거 말고."

선아는 손가락으로 오른쪽 눈을 가리키며 말했다.

"이쪽 눈 돌아갔어?"

나는 그녀의 오른쪽 눈을 유심히 보았다. 가까이서도 보고 멀리 떨어져서도 보았다.

"선재가 나한테 말해 줘서. 오빠한테도 물어보는 거야."

선재는 그녀의 남동생이었다. 그의 말이 맞았다. 선아의 오른쪽 눈동자가 바깥쪽으로 조금 돌아가 있었다.

"솔직하게 말해 줘도 돼."

망설이고 있는 내게 선아가 말했다.

"약간 돌아갔어."

"그렇구나."

선아는 고개를 끄덕이곤 나의 품에 안겼다.

"말해 줘서 고마워."

시각을 잃게 되면 안근을 사용하는 일이 줄어들기 때문에 사시가 되는 것은 자연스러운 과정이었다. 나도 그리고 그녀도 어느 정도 예상하고 있던 사실이었다.

실명이 되었다고 해서 남의 시선을 의식하지 않는 건아니다. 선아는 전처럼 화장을 하고, 예쁜 옷을 입고, 자주 웃으려 노력한다. 남들에게, 그리고 무엇보다 연인에게 예뻐 보이고 싶은 마음은 세상 모든 사람들이 한마음인 것처럼. 선아도 마찬가지인 것이다.

"요즘 드는 생각이 있어."

선아가 말했다.

"무슨 생각?"

"대화를 할 때 표정이 정말 중요하구나 하는 생각. 말과 억양만으로는 전달되지 않는 무언가가 있어. 그리고 무엇보다 입으로는 거짓말을 할 수 있지만 표정은 숨기기 어렵거든."

"맞아. 선아 너도 표정에서 다 드러나."

"억울해."

선아가 말했다.

"오빠는 내 표정을 볼 수 있지만 난 오빠 표정을 못 보잖아. 나 혼자 패 하나를 까는 거 같아. 나도 오빠 표정을 보고 싶어. 미소를 짓고 있는지, 시선을 피하고 있는지, 미간을 찌푸리고 있는지. 그게 너무 궁금해. 그런데 어쩌겠어. 나는 못 보니까 내 멋대로 상상해야지."

"지금 내 표정은 어떨 거 같아?"

내가 물었다. 그러자 선아는 활짝 웃으며 말했다.

"내 상상 속에서 오빠는 늘 웃고 있어. 그래도 상관없지? 이건 내 마음이니까."

"응. 상관없어."

내가 말했다.

선아가 실명이 되고 나서 나는 웃음이 줄었다. 심각한 표정을 짓고 있거나, 표정이 없는 표정을 짓고 있었다.

그녀의 상상이 빗나가지 않기를.

지금부터라도 많이 웃어야겠다고 나는 다짐했다.

*

선아는 가방에서 물건들을 주섬주섬 꺼내기 시작했다.

"이게 뭐야?"

내가 물었다.

"점필 기구. 점자 종이에 점자를 찍는 도구야. 점자 외우기가 엄청 어려운데 그래도 쓰는 연습을 하다 보면 금방 외우지 않을까 해서."

그녀가 가져온 점필 기구는 점자 종이와 그 위에 겹쳐 규격을 맞춰 주는 점자판, 그리고 점자를 찍는 도구인 점필. 이렇게 세 가지로 이루어져 있었다.

"나도 같이 해도 돼?"

"응. 우리 이걸로 이름 써 보자."

우리는 거실 테이블에 앉아 한글 점자표를 확인해 가면서 종이에 점자를 새겼다. 종이에 점자를 찍을 땐 반대로 뒤집어 오른쪽에서 왼쪽으로 써야 했다. 다 쓰고 나면 종이를 뒤집어 확인해야 하기 때문이다. 앞이 보이는 나도 헷갈리고 피곤한 작업인데 선아는 오죽 힘들까.

"휴. 다 썼다."

나는 중간에 밀려서 다시 찍는 바람에 이름을 쓰는 데만 10분이 넘게 걸렸다. 우리는 겨우 완성한 서로의 점자를 맞게 썼는지 확인해 주었다.

"어, 오빠 거 틀렸는데."

"나?"

"응. 여기 '원'에 'ㄴ'은 초성이 아니라 종성으로 써야 해."

나는 점자표를 확인했다. 선아의 말이 맞았다. 점자의

자음은 초성과 종성이 나누어져 있어서 잘 구분해서 써야 했다. 반면에 선아는 한 글자도 틀리지 않았다.

"어머님한테 배웠다더니. 열심히 했나 보네."

내가 말했다.

그러자 선아의 표정이 굳었다.

"그걸 오빠가 어떻게 알아?"

나는 아차 싶었다. 그녀는 책상에 시선을 고정하며 심각한 표정을 지었다.

"엄마한테 배운 거 어떻게 아냐고. 내가 오빠한텐 학원 다닌다고 말했었잖아."

선아의 차가운 말이 테이블 위에 내려앉았다.

나는 잠시 머뭇거리다가 입을 열었다.

"너희 어머님이랑 통화했었어. 네가 이곳에서 어떻게 지내는지 많이 궁금해하시더라고."

"그래서?"

"네가 방에만 있어서 걱정된대. 학원도 안 가려 하고 보행 연습도 안 하려고 그런다고. 나랑 있을 때도 그러는 건 아닌지. 그리고 앞으론 어떻게 해야 할지 많이 걱정되시나 봐."

"오빠도 그래?"

"응?"

"우리 엄마처럼 내가 걱정돼?"

"······안 된다고 하면 거짓말이겠지."

선아는 잠시 숨을 골랐다. 내뱉을 문장을 머릿속으로 솎아 내는 것처럼 보였다.

"거실에서 엄마가 울고, 아빠가 한숨 쉬면서 엄마를 위로해 주는 소리를 들으면 내가 얼마나 속상한지 알아?"

선아가 울먹이며 말했다.

"내가 정말 아무것도 아닌 것처럼 느껴져. 걱정 덩어리에 남의 도움 없이는 아무것도 못 하는 바보처럼 느껴진다고. 그래서 방에서 안 나간 거야. 나가는 순간 짐이 되니까.

부모님은 그렇다 쳐. 그래도 오빠는 다를 줄 알았어. 부모님도 모르는 내 모습을 알고 있는, 세상에서 나를 제일 잘 아는 사람이라고 생각했으니까."

나는 잠자코 그녀의 이야기를 들었다. 어떤 말을 꺼내든 변명이 될 것만 같았다.

"그런데······ 오빠도 별다를 게 없네."

"미안해."

"엄마랑 통화하지 말라는 소리가 아니야."

선아가 말했다.

"내가 무서운 건······ 오빠가 나를 바라보는 시선이 엄마의 시선과 똑같을까 봐 그런 거야. 나를 애물단지처럼 여길까 봐. 나는 그게 무서운 거야."

나는 선아의 손을 잡았다.

"점자 공부는 여기까지 할까?"

내가 말했다. 그러자 그녀는 천천히 손을 빼고 점필 기구를 가방에 넣기 시작했다.

"집에 갈래."

"여기도 네 집이야."

"더는 못 있겠어."

선아는 가방을 들고 자리에서 일어났다.

"엄마 말이 맞아. 나 요즘 이상해. 무기력하고 우울해. 툭하면 눈물이 나고…… 오빠 만나는 것도 사실 힘들어. 특히 이 집에 들어올 때마다 너무 힘들어. 여기는…… 나한테 특별한 공간이니까. 그래도 괜찮은 척하려 노력하고 있는데, 하면 할수록 더 힘들어지는 거 같아. 당분간은 혼자 있는 시간이 필요해."

"내가 우울할 땐."

나는 선아의 손을 다시 한 번 잡으며 말했다.

"너는 내 옆에 있어 줬잖아. 그래서 나는 극복할 수 있었어. 그러니까 나도 네 옆에 있게 해 줘."

선아는 나의 말을 듣고 생각에 잠긴 듯했다.

"오빠랑 있을 때 힘들다는 건."

그녀가 말했다.

"오빠 때문에 힘들다는 게 아니야. 오빠랑 함께 행복했던 추억들이 자꾸 떠올라서 괴롭다는 거야. 나의 우울로 인해서 우리의 추억이 슬퍼지는 게 나는 싫어.

……시간을 줘. 내가 늪에서 빠져나올 시간을.

나를 믿어 줘."

★

한 시간 뒤, 선아는 아버님의 차를 타고 본가로 돌아갔다.

나는 그녀를 배웅하고 다시 집으로 돌아와 거실 테이블 앞에 앉았다. 좀 전에 적었던 그녀와 나의 이름이 점자로 찍힌 종이가 올려져 있었다.

나는 눈을 감고 검지 끝으로 점자를 느꼈다.

이렇게 작은 돌기로 어떻게 글을 읽는 것일까.

나는 종이에서 손을 떼고 눈을 떴다.

고개를 들어 텅 빈 집을 둘러보았다.

선아가 우울이라는 늪에서 빠져나오려면 얼마 정도의 시간이 필요할까. 아니면, 이대로 돌아오지 않는 건 아닐까.

나는 조바심에 여러 부정적인 생각들을 떠올렸다. 집 안을 휘저으며 온갖 상념들에 빠져 있다가, 침대에 누워 최악의 경우인 이별을 생각해 보기도 했다.

'우리가 헤어지면 어떤 모습일까.'

평소에도 종종 생각해 보던 주제인데, 지금은 양상이

전혀 달랐다. 가정법에 근거해 상상하는 것이 아닌, 현실로 들이닥칠 가능성에 대한 두려움이 만들어 내는 상상이었다.

이 둘은 엄연히 다른 것이었다.

나는 심장이 두근거리기 시작하더니 숨이 가빠졌다.

공황 발작 증상이었다.

부정의 바다를 헤엄치다가 그만 다리에 쥐가 나 버린 것이었다. 흘러내리는 식은땀을 닦을 생각도 하지 못하고 나는 이불 속에서 선아의 애착 인형을 꼭 껴안으며 이 발작이 지나가기만을 기다렸다.

★

3년 전, 나의 생일 때였다.

그날 선아와 함께 갔던 아쿠아리움은 사람들로 북적거렸다.

하얀 돌고래 벨루가를 구경하는 수많은 인파 속에서 나는 그녀 앞에서 처음으로 공황 발작을 일으켰다. 아이들의 웃음소리와 어른들의 환호 소리 속에서 나는 가쁜 숨을 내쉬었다. 나의 손을 잡고 벨루가의 재롱을 구경하고 있던 선아는 나의 가빠진 호흡을 발견했다.

"속이 안 좋아?"

"응······. 심장이······ 엄청 쿵쾅거려."

그녀는 나의 손을 잡고 인파를 빠져나왔다. 사람이 없는 한적한 공간에 가서 나는 발작이 가라앉을 때까지 심호흡을 했다.

"괜찮아?"

"이제 좀 괜찮아."

"갑자기 왜 그러지?"

"요즘 들어 사람 많은 곳에 갈 때마다 이러는 거 같아."

"오늘이 처음이 아니야?"

선아는 내 모습이 걱정스러웠는지 병원을 데리고 갔다. 정신과랑은 거리가 먼 사람이라고 여겼던 나는 의사의 입에서 '공황'이라는 말이 나왔을 때마저 그가 오진을 한 건 아닐까 의심했다.

"요즘엔 젊은 분들 사이에서 흔히 얻는 병이니, 심각하게 받아들이실 필요 없습니다. 약물 치료를 꾸준히 병행하시면 충분히 호전되실 수 있습니다. 그리고······ 스트레스를 많이 받는 편이신가요?"

"스트레스요?"

"네. 스트레스를 받는 원인 같은 게 있으시면 파악해 보는 것도 도움이 되실 거예요. 자기 자신을 들여다보는 시간을 가져 보시라는 겁니다."

나는 내가 겪고 있는 스트레스에 대해 깊이 생각해 본

적이 없었다. 내가 지니고 있는 마음의 짐은 대부분의 현대인들이 지고 살아가는 정도의 무게라고 생각해 대수롭지 않게 여겼기 때문이다.

나는 약을 구매하고 선아와 가까운 카페를 들렀다.

"요즘 힘든 일 있어?"

선아가 물었다.

"딱히 없는데."

"의사 선생님이 그랬다며. 자기 자신을 들여다보라고."

그녀는 나의 손을 감싸 쥐며 말했다.

"나한텐 다 털어놔도 돼 오빠."

나는 깊은 심호흡을 내쉬고 과거를 돌이켜보았다.

공무원 시험을 준비하며 흘려보낸 3년이란 세월. 시험에 모두 떨어져 자존감이 바닥을 찍고 방 안에 틀어박혀 게임만 하며 보내던 시절. 하나뿐인 가족인 엄마의 기대에 부응하지 못했다는 것에 대한 죄책감. 대학 선배가 차린 스타트업에 들어가 일을 시작했지만 과도한 업무와 박봉. 그리고 선배의 폭언과 폭력에 시달렸던 일.

나는 애써 외면해 왔던 과거의 아픔들을 모두 끄집어내어 선아의 앞에 올려놓았다. 그녀는 책상 위에 올려진 나의 아픔의 크기에 놀란 눈치였다.

"선배가 정말 그렇게 말했어? 빡대가리면 몸이라도 부지런해야 된다고?"

선아가 물었다.

"그건 약과야."

내가 말했다.

"네가 왜 9급 준비하는 데 3년이나 갖다 버렸는지 알 것 같다고, 월급이 아깝다고 그랬어. 그리고 지각하면 정강이를 걷어차기도 했고."

"……왜 나한테 말 안 했어?"

"대학 다닐 때부터 군기랑 부조리에 익숙해졌었거든. 그 선배는 약한 편이야. 다른 선배들은 더했어. 그래서 너한테 말할 정도는 아니라고 생각했어. 이게 잘못된 일이라는 걸…… 나도 인식하지 못했던 거 같아."

"내 남자 친구잖아."

선아가 말했다.

"내 남자 친구가 이런 일을 당하고 있는 걸 모르고 있었다는 게 나는 너무 화가 나. 거기 당장 그만둬. 그리고 앞으로 그런 일 있으면 나한테 다 말해. 혼자서 끙끙 앓지 말고."

"미안해."

"나한테 사과하지 마."

선아는 울먹이는 눈으로 나를 바라보았다.

"나한테 미안해하지 말고, 스스로한테 사과해.

이건 오빠가 오빠한테 잘못한 거니까."

*

선아는 나의 공황 장애가 호전될 때까지 함께 사는 것을 제안했다. 남들의 시선이 신경 쓰일 법도 한데, 그녀는 전혀 개의치 않아 했다.

동거에 대한 편견이 없었던 나는 제안을 받아들였다. 애초에 선아도 자취를 하고 있었기 때문에 그녀의 부모님도 크게 반대하진 않았다.

나는 나를 함부로 대했던 대학 선배가 대표로 있는 스타트업에서 퇴사를 하고, 선아는 내가 살고 있는 동네로 이사하기 위해, 일하고 있던 카페에서 퇴사를 했다.

우리는 동시에 백수가 되었다.

백수가 된 우리는 같이 살 집을 고르고 짐을 풀었다. 그리고 그동안 모은 돈으로 하고 싶은 것을 했다.

실컷 낮잠을 자고, 밤새도록 피시방에서 게임을 하고, 맛있는 것을 먹고, 전시회를 다니고, 우리나라에서 가장 비싼 호텔을 예약해 야경을 내려다보며 하룻밤을 보내고, 템플 스테이를 하고, 한라산을 오르고, 말을 타고, 수상 보트를 타고, 일본에서 초밥을 먹고, 수영을 하고, 눈사람을 만들고, 번지 점프를 하고……

인생에서 가장 행복했던 때를 고르라면 나는 선아와 함께 백수로 보냈던 그때의 여섯 달을 고를 것이다. 그 당시에 우리의 최대 관심사는 내일은 무엇을 하며 시간을 보낼지에 관한 거였다. 선아는 이때의 시간을 자신에게 주는 선물이라고 표현했고 나도 그 표현에 동의했다.

달콤했던 반년을 보내고, 우리는 다시 현실로 돌아왔다.

선아는 집에서 가까운 곳에 있는 카페에 일자리를 얻었고, 나는 전철로 40분 거리에 있는 곳에 있는 앱 개발사에 취직했다. 일상은 다시 단조로워지고 우리는 각자의 위치에 적응하며 시간을 보냈다. 새로 얻은 직장은 친절한 동료와 상사들, 깨끗한 업무 환경 덕분에 별 무리 없이 적응할 수 있었다.

"우리, 적금 하나 들어 놓을까?"

어느 날, 선아가 물었다.

"왜?"

"왜라니. 같이 돈을 모아 두면 좋잖아. 나중에 쓸 일도 있고."

"나중에?"

나의 말에 선아는 눈을 흘기며 말했다.

"일부러 그러는 거야, 아니면 눈치가 없는 거야?"

"진짜 몰라서 그래."

선아는 내게 팔짱을 끼며 웃어 보였다.

"우리 결혼 자금으로 써야지."

✳

선아와 각자의 시간을 갖기로 한 후부터 한 달이 흘렀다.

우리는 일주일에 서너 번 전화로 안부를 물었고, 따로 만나진 않았다. 핸드폰 너머로 들려오는 선아의 목소리는 우울에 깊이 잠식되어 있었다. 그러나 티를 내지 않기 위해 노력하는 듯 보였다. 그래서 나도 걱정하지 않기 위해 노력했다. 나는 그녀가 충분히 이겨 낼 수 있는 힘이 있다고 믿었다.

갑작스럽게 찾아온 주말의 자유 시간을 나는 어떻게 써야 할까 고민하다가, 그동안 바쁘다는 핑계로 만나지 못했던 친구와 지인들을 만났다.

중학교 친구, 군대 선후임, 대학교 친구들. 오랜만에 친구들의 얼굴을 보니 반갑기도 하고 과거의 어느 한 순간으로 타임머신을 타고 이동하는 느낌도 들었다.

학창 시절 친구들을 만나면 교실 안에 앉아 있는 것 같고,

군대 선후임을 만나면 칙칙했던 내무반에 있는 것 같다.

그러나 그들에게 나의 이야기를 꺼내진 않았다. 요즘

내가 무슨 생각을 하고 사는지, 어떤 상황에 처해 있는지. 말하지 않았다.

오랜만에 만난 친구들은 그동안의 세월만큼 생각과 행동, 가치관이 많이 변해 있었다. 내가 기억하고 있는 친구의 모습과 현재 친구의 모습이 전혀 다를 때도 있었다. 그것은 나도 마찬가지이기 때문에. 그들의 머릿속에 있는 과거의 나의 모습을 해치지 않기 위해서. 나는 지금의 나를 감추고 과거의 나를 연기했다.

그러나 우태는 달랐다.

중학교 동창인 우태에게 나는 무장 해제가 되었다.

그의 앞에만 서면 나의 모든 속마음을 털어놓고 싶어진다. 그는 줄기가 두껍고 이파리가 풍성한 나무 같은 사람이다.

우태는 결혼을 했고, 세 살배기 딸이 있다.

그는 또래 친구들 중 가장 빨리 결혼을 했다. 키는 작지만 꾸준히 운동을 해서 몸은 다부지고, 까무잡잡한 피부에 웃는 상이다. 태권도학과를 나와 동네의 작은 태권도장에서 아이들을 가르치다가, 가정을 꾸리고서부터는 공장에 물건을 납품하는 도매업을 하고 있다. 그는 새벽 다섯 시에 일어나 저녁 여덟 시까지 일을 한다.

학창 시절, 우태는 매일 늦잠을 자서 턱걸이로 간신히

등교 시간을 맞추던 학생이었다. 그런 그가 지금은 매일 새벽 다섯 시에 일어난다. 책임져야 할 가정의 존재는, 게으름뱅이를 부지런한 사람으로 바꿔 주는 힘이 있었다.

"라임이 이제 내년부터 어린이집 들어가."

호프집에서 우태는 자신의 딸 사진을 보여 주며 말했다.

"언제 이렇게 컸대."

"죽순처럼 자란다니까."

사진첩을 넘기는 그의 얼굴에 미소가 사라지지 않았다. 만날 때마다 결혼은 최대한 늦게 할수록 좋다며 극구 만류하던 우태는, 정작 돌아갈 집에 아내와 아이가 기다리고 있다는 것을 삶의 낙으로 여기는 것 같았다.

나는 우태를 만날 때마다, 선아와의 미래를 그려 보곤 했다. 내가 결혼을 하면 어떤 모습일지, 어떤 남편이 되고, 어떤 아빠가 되고, 어떤 사위가 될지. 그러나 막상 그려 보려 해도 잘 상상이 되지 않았다.

"너는 요즘 여자 친구랑 어때."

우태가 물었다. 나는 맥주를 한껏 들이켰다.

"똑같지 뭐. 좋아."

"결혼할 거야?"

"우리 둘 다 생각은 있는데."

나는 안주로 나온 닭 껍질 튀김을 씹으며 말했다.

"문제는 결국 그거지."

"뭐?"

"돈."

나의 말에 우태는 고개를 끄덕거렸다.

"원수지."

그가 말했다.

"그래서 나는 네가 대단하다고 생각해."

내가 말했다.

"내가? 왜?"

"네가 하고 싶은 일을 그만두고 가정을 위해 다른 일을 하는 거잖아. 그것도 밤낮없이. 넌 도장 차리는 게 꿈이었는데."

"아니야."

우태가 말했다.

"나는 지금 내가 하고 싶은 일을 하는 중이야. 영은이랑 라임이가 먹고 싶은 걸 먹고, 하고 싶은 걸 할 수 있도록 해 주는 게 지금 내가 하고 싶은 거야. 태권도장이야 나중에 돈 모으면 언제든 차릴 수 있는 거고. 지금은 피곤하긴 하지만 그만큼 행복해."

"그게 대단하다는 거야. 너의 마음이."

내가 말했다.

"돈도 돈인데, 나는 너처럼 마음의 준비가 되지 않았어."

"나는 뭐 준비돼서 했냐? 어쩌다 보니까 이렇게 된 거야. 서로 진심으로 사랑하면, 돈은 알아서 벌게 되어 있어."

"언제는 결혼하지 말라며."

우태는 나의 시선을 피하고 맥주를 들이켰다.

"그래서 너는 요즘 고민이 돈이야?"

그는 화제를 돌렸다.

"아니. 그건 평소에도 했던 거고. 요즘엔……."

나는 가슴이 미어졌다. 술기운에 눈물이 턱 밑까지 올라왔다.

"뭔데 이렇게 뜸을 들여."

"선아가…… 실명됐어."

"실명?"

"시각을 잃었어. 앞이 보이질 않아."

나는 선아가 실명이 되고 흐른 두 달 반의 시간을 그에게 이야기해 주었다. 우태는 나의 말을 진지하게 들어 주었다.

"내가 조언해 줄 수 있는 범위가 아니네."

우태가 말했다.

"그냥…… 마음을 다해 너희를 응원할게."

"고마워."

내가 말했다.

"다른 사람한테 털어놓은 건 네가 처음이야. 엄마 빼고."

"그럼 지금은 각자의 시간을 보내고 있는 거야?"

"응. 혼자 있는 시간이 필요하대."

"여자 친구분도 이해가 가. 우울하지 않으면 오히려 이상한 거 아닐까? 나였어도 그럴 거 같아."

"맞아. 그래서 기다릴 거야. 잘 이겨 낼 거라고 믿고 있어."

나는 우태와 새벽까지 잔을 기울였다. 그는 아내에게 허락을 맡았다며 나와 함께 오랫동안 머물러 있었다.

깊은 속마음을 털어놓을 수 있는 친구가 있다는 건.

얼마나 감사한 일인지.

그를 볼 때마다 떠올린다.

★

코뿔소의 시력은 박쥐 수준으로 나쁘다.

그래서 무언가로부터 위협을 느끼면 그것을 향해 무작정 돌진한다. 코뿔소의 거침없음은 사실 그가 용맹하고 공격성이 있어서가 아니라, 시력이 나쁘고 겁이 많기 때문이다. 그의 공격성은 여타 초식 동물들처럼 거의 없다시피 한다.

겁이 많은 코뿔소가 있으나 마나 한 시력에도 불구하고 앞으로 돌진할 수 있는 이유는, 뭐든지 뚫을 것 같은 단단한 뿔과 그의 트럭과 같은 체구 덕분이다.

코뿔소는 시력이 나빠서,

역설적으로 무엇이든 들이받을 준비가 되어 있다는 것이다.

사람은 아니다.

사람은 코뿔소가 아니다.

사람의 시력이 박쥐 수준으로 떨어지게 되면, 몸이 움츠러들게 된다. 방 안에서 나오지 않게 되고, 걸음은 현저히 느려지며, 위험 요소가 많은 곳을 피해 다니게 된다.

사람에겐 코뿔소처럼 단단한 뿔이, 트럭 같은 체구가 없다.

사람이 시각을 잃게 되면 어디론가 들이받는 게 아니라,

어디론가 피해 다닌다.

차에 치이지 않기 위해서,

공사 중인 곳에 빠지지 않기 위해서,

나뭇가지에 눈이 찔리지 않기 위해서,

사람들의 수군거림과 동정으로부터 도망치기 위해서.

그러나 나는 믿는다.

사람에겐 코뿔소의 뿔보다 더 강력한 무언가가 있다고.
선아에겐 코뿔소의 뿔보다 더 강력한 무언가가 있다고.

봄

만지고 싶었어

할머니가 돌아가셨다.

만성 신부전증으로 10년이 넘도록 병원과 집을 오가며 투석을 받다가, 최근 들어 여러 가지 합병증이 함께 따라와 병원 신세를 지셨다. 의사는 이제 더는 손쓸 방법이 없다며 퇴원을 권유했다. 그래서 할머니는 당신의 방에서 새벽 두 시경에 눈을 감았다.

할아버지는 죽어 가는 아내 곁을 끈덕지게 지켰다. 전국에 흩어져 있던 가족들이 하나둘 모여 쌕쌕거리며 겨우 숨을 내쉬는 할머니의 얼굴을 보고, 쓰다듬고, 입을 맞췄다. 백내장에 걸린 그녀는 하얀 눈동자로 천장만 바라보았고, 청각도 온전하지 못했다.

그러나 누가 왔는지, 자신을 만졌는지, 울고 있는지 전부 알고 계신 것 같았다. 왜냐하면 그녀에겐 아직 촉각이 남아 있었기 때문이다.

촉각은 사람의 온기를 느끼는 데 있어서 다른 감각들

보다 월등히 뛰어나다. 눈으로 보고 귀로 듣고 코로 냄새 맡으며 상대로부터 멀찍이 서서 냉철하게 분석하는 것보다, 포옹 한 번, 손깍지 한 번, 입맞춤 한 번이 더 낫다.

할머니가 숨을 거두던 새벽, 할아버지는 그녀의 곁에 엉덩이를 붙여 앉아 손을 쪼물딱거리고, 식은땀으로 축축해진 앞머리를 쓸어 넘기고, 가끔씩 이마에 입을 맞췄다.

할머니가 마지막 숨을 내뱉었을 때.

할아버지는 놀라거나 슬퍼하지 않았다.

그녀의 죽음 앞에서 초연해진 게 아니라, 잠을 자고 있다고 생각하는 것 같았다.

아주 깊은 잠 말이다.

삼일장을 치렀다.

오래전, 뇌졸중으로 쓰러지신 후 치매에 걸린 할아버지는 이곳이 어디인지 까먹고 주위를 둘러보며 상황을 파악했다. 그럴 때마다 가족들은 할머니의 영정 사진을 가리키며 저 사람이 누군지 아냐고 물었다. 그는 고개를 끄덕거리며 영정 사진 앞으로 다가가 앉아 그것을 물끄러미 바라보았다. 그리고 다시 기억을 잃고 처음으로 돌아갔다. 이것을 계속해서 반복했다. 그 모습을 보던 나의 엄마는 오히려 다행인 걸지도 모른다고 했다.

"차라리 모르시는 게 나을지도 몰라. 나는 그 심정을 아니까."

엄마가 말했다.

"너희 아빠 장례식 때 할머니가 얼마나 우셨는지 기억나? 이제는 아들 곁으로 가셔서 마음이 편하실 거야."

아빠가 폐암으로 먼저 세상을 떠났을 때, 할머니는 장례식 내내 목 놓아 우셨다. 할아버지도 옆에서 함께 울었는데, 할머니의 울음소리가 너무 커서 묻혔다. 자식을 먼저 떠나보낸 부모는 그 슬픔이 하도 커서 그것을 부르는 호칭조차 없다는 사실이 떠올랐다.

고아와 과부, 홀아비는 있어도.

자식을 잃은 부모를 부르는 단어는 없다.

나는 활짝 웃고 있는 할머니의 사진 앞에 앉아 있는 할아버지를 바라보며 생각했다.

평생을 함께해 온 사람의 죽음을 맞이한다는 건 어떤 기분일까.

수억 번의 맥박이 뛰는 동안 같은 수저를 썼던 사람과의 이별은 도대체 어떤 기분일까.

그런 생각에 잠겨 있을 때, 할아버지가 조용히 중얼거렸다.

"⋯⋯지긋지긋해."

나는 그의 진절머리가 무엇을 가리키는지 알고 싶어 가까이 다가가 들었다.

"지긋지긋하다고 여보. 인생이 지긋지긋해."

그가 말했다.

"기다려. 나도 곧 갈게."

할아버지의 중얼거림을 들은 건 나뿐이었다.

가족들의 우려와 달리 할아버지는 모두 알고 있었다. 그는 이곳이 어디인지 알고 있었고, 왜 이곳에 있는지 알고 있었다.

길을 잃은 기억들 틈으로 내비치는 빛이 드물게 그의 눈을 반짝이고 있었다.

★

선아와 각자의 시간을 갖기로 한 지 두 달이 흘렀다.

우리는 일주일에 두 번 정도 전화로 안부를 주고받았다. 그녀의 얼굴이 보고 싶어 영상 통화를 하자고도 말을 건네 봤지만, 그것은 나만 좋은 것이라며 불공평하다고 선아는 말했다.

"보고 싶다."

내가 말했다.

"나는…… 만지고 싶어."

선아가 말했다.

"난 보고 싶다 말고 만지고 싶다고 말할래. 오빠 손이
랑 팔 주무르고 싶어."

"만나면 실컷 만지게 해 줄게."

불과 며칠 전에 나눈 대화였다. 선아는 우울증을 극복
하기 위해 상담도 하고 약도 챙겨 먹고 있다며 조금씩 호
전되는 중이라고 말했다. 나는 오랜 기다림 끝에 곧 선아
와 만날 수 있으리라는 기대감에 부풀어 있었다.

그런데 어제부터 그녀가 전화를 받지 않는다.

부풀었던 기대감은 불안감으로 바뀌었다. 잠을 자거
나, 어떤 사정이 있나 보다 생각했다. 그러나 오늘, 퇴근을
하고 그녀에게 전화를 걸었을 때도 받지를 않자 나의 불
안은 점점 커졌다.

왜 전화를 받지 않는 거지.

무슨 일이 있나.

나는 온갖 잡생각들로 어지러운 머릿속을 씻어 낼 필
요성을 느껴 퇴근길에 한강으로 발을 돌렸다.

2월 중순의 한강엔 몸집만 한 살얼음이 둥둥 떠다녔
다. 하늘엔 곧장 눈이 내릴 것처럼 먹구름이 잔뜩 껴 있었
고, 차갑게 식은 철교 위로 사람들을 실어 나르는 전철이
부단히 움직였다. 강변을 따라 조깅을 하는 사람들의 입

김이 찰나 동안 피어올랐다.

나는 그 풍경을 바라보며 느릿하게 걸었다.

혼자 있는 시간은 얼룩진 인간관계를 씻어 내기 위해 꼭 필요한 시간이다. 그리움의 농도를 통해 누가 내게 필요한 존재인지, 혹은 내가 누구에게 필요한 존재인지 알아낼 수 있는 중요한 시간이다.

그러나 이틀째 전화를 받지 않는 선아는 나의 마음을 혼란스럽게 만들었고, 혼자 있음에 대한 나의 생각에 회의감을 불러일으켰다.

나는 더 이상 혼자 있고 싶지 않았다.

나의 걸음이 이름 모를 한강 다리 밑으로 데려왔다.

문득 한강 다리에서 투신하려던 여학생에 대해 다룬 짧은 뉴스를 접했던 기억이 떠올랐다. 고등학생이었던 그녀는 가방 속에 꽝꽝 얼린 생수병들을 가득 담고 다리에서 몸을 투신해 강의 밑바닥까지 잠길 생각이었다. 그런데 난간을 붙잡고 떨어지려 하다가 발을 헛디디고 말았다.

그녀는 난간에 매달렸다.

필사적으로 매달렸다.

그녀가 살면서 가장 오랫동안 손아귀의 힘을 쓴 순간이었다.

다리에 매달린 그녀의 모습을 발견한 한 시민의 신고

로 결국 무사히 구조가 되었다. 구조된 그녀의 손바닥은 시뻘겋게 부풀어 올라 있었다.

학생을 구조한 구조대원의 인터뷰 내용도 기사에 실려 있었다.

'선택은 충동적인 경우가 많습니다. 손이 퉁퉁 부을 정도로 난간을 붙잡고 있던 학생의 손을 보면 알 수 있습니다. 극단적인 선택을 하는 사람도 찰나의 순간에 수많은 후회를 합니다. 사실은 그 누구보다 살고 싶었던 것입니다.'

나는 오래전에 읽은 기사의 내용을 떠올리며 한강 다리 밑을 지났다.

혹시 선아가 충동적인 선택을 한 건 아닐까.

나는 두려웠다.

한강 위에 떠다니는 살얼음 위를 걷는 기분이었다.

나는 핸드폰을 켜서 그녀의 동생인 선재에게 메시지를 보냈다.

[선아 무슨 일 있어? 전화를 안 받아서.]

그에게 답장이 올 때까지 나는 다시 걸었다.

한 다리에서 다음 다리까지 걸어 도착했을 때, 핸드폰 벨소리가 울렸다. 선재의 전화였다.

"여보세요."

나는 전화를 받고 짧은 안부 인사를 주고받았다. 그리고 그의 입에서 나오는 문장들을 주의 깊게 들었다.

한 단어도 놓칠 수가 없었다.

전혀 예상하지 못한 내용이었기 때문이다.

나는 택시를 타고 그가 알려 준 병원으로 향했다.

★

산부인과 복도에서 선재는 팔짱을 끼고 앉아 있었다.

나는 그를 발견하고 잰걸음으로 다가갔다.

"오랜만이네요, 형."

선재가 말했다.

"그러게. 선아는?"

나는 가쁜 숨을 내쉬며 말했다.

"지금 자고 있어요."

그는 선아가 누워 있는 병실을 가리켰다.

"무슨 일인지 자세히 말해 줘."

"의사 말로는." 선재가 말했다. "중기 유산이래요."

"몇 주차였는데?"

"12주차요."

나는 한숨을 내쉬며 시간을 되돌려 보았다.

지금으로부터 세 달 전, 선아가 실명되기 전에 맺었던 관계를 떠올렸다. 그녀가 실명되고 난 후부터는 관계를 맺은 적이 없었기 때문에 아마 그때일 것이라고 나는 짐작했다.

　　"그저께 누나가 갑자기 저를 방으로 불렀어요."

　　선재가 말했다.

　　"방에 들어가 보니까, 침대 한 부분이 빨갛게 젖어 있었어요. 그리고 누나가 배가 너무 아프다면서 병원에 데려가 달라고 말했어요. 부모님한텐 비밀로 해 달라면서요. 그래서 신경과로 통원 치료하러 간다고 거짓말하고 누나를 데리고 이곳에 왔죠. 검진을 하니까 의사가 조기 양막 파수가 진행된 지 오래됐는데, 왜 지금에서야 왔냐고 물었어요. 누나는 자기가 임신한 줄도 몰랐고, 양수가 새어 나오는 줄도 몰랐대요. 이상하게 소변이 자주 나온다고만 생각했대요. 요즘 들어서 입맛이 없다고 밥도 잘 안 먹고 그러더니, 그게 입덧인 줄은 몰랐네요."

　　나는 선아가 누워 있는 병실의 문을 뚫어져라 쳐다보았다. 이 사실을 남자 친구인 내가, 어쩌면 아빠가 될 수도 있었던 내가 모르고 있었다는 것에 나는 스스로에게 화가 났다.

　　"들어가도 될까?"

　　"네. 대신 다른 산모분들도 있어서 조용히 있어야 해요."

나는 선재의 뒤를 따라 조심스럽게 들어갔다.

병실에 있는 4개의 침대에 모두 체크무늬 커튼이 쳐져 있었다. 선아가 누워 있는 곳은 창가 옆자리였다. 나는 조심스럽게 커튼을 열어젖혔다. 선아는 천장을 바라보고 똑바로 누워 잠들어 있었다. 나는 간이침대에 두 손을 모으고 앉아 잠이 든 그녀의 얼굴을 바라보았다. 못 본 두 달 사이에 얼굴이 핼쑥해져 있었다.

"살이 왜 이렇게 빠졌어."

나는 속삭였다.

"밥도 잘 안 먹고 방 안에만 있었어요."

들릴락 말락 한 목소리로 선재가 말했다.

선아가 깰까 우리는 더 이상 입을 열지 않았다.

그 때, 인기척을 느꼈는지 선아는 몸을 뒤척이다가 눈을 떴다.

"윤선재……"

그녀가 말했다.

"있어?"

"응. 있어."

선재가 말했다.

선아는 몸을 가까스로 일으켜 옆에 있는 선반을 더듬거리다가 생수병을 들고 물을 들이켰다.

"야." 그녀가 말했다.

"왜." 선재가 말했다.

"지금 옆에 누구 있어?"

선아의 갑작스러운 물음에 나는 선재와 시선을 교환했다. 그녀는 숨소리의 개수를 정확하게 알아맞혔다.

"응. 있어."

선재는 내게 시선을 고정한 채로 말했다.

선아는 내 쪽으로 고개를 돌렸다.

적막이 감돌았다.

커튼 안 작은 공간에 가까이 붙어 있는 우리는 서로의 숨소리를 느낄 수 있었다. 누구인지는 굳이 말하지 않아도 된다는 듯 선아는 더 이상 묻지 않았다.

"얘기 나눠. 난 바람 쐬고 올게."

선재는 병실 밖으로 나갔다.

선아의 시선은 여전히 나를 향해 있었다. 나를 보진 못하지만, 자신의 시선이 향하는 쪽에 내가 있을 거라고 확신을 하는 것처럼 보였다.

"얼굴이 반쪽이네."

내가 말했다.

"손."

선아가 손을 내밀며 말했다. 나는 오른손을 내밀었고 그녀는 내 손을 살포시 잡았다.

"……만지고 싶었어."

선아가 말했다.

"만지고 싶었어. 너무…… 너무 만지고 싶었어."

"……나도."

내가 말했다.

"이제부턴."

선아가 말했다.

"내가 만지고 싶으면 만질 수 있는 거리에 있을래."

전보다 더 바깥쪽으로 벌어진 선아의 오른쪽 눈동자.

바짝 마른 그녀의 입술이 만들어 내는 문장.

나는 숨죽여 흐느꼈다.

옆자리에 누워 있는 다른 산모에게 피해가 가지 않도록.

선아는 나의 몸이 들썩거리는 것을 느꼈는지 내 손을 더욱 꽉 잡았다.

"나는 이렇게 생각할 거야."

선아가 미소를 지으며 말했다.

"천사가 내 몸에 놀러 왔다 간 거라고."

나보다 이틀 전에 소식을 접한 선아의 마음은 그나마 정리된 듯 보였다.

더는 짜낼 눈물도 없을 정도로 그녀는 진작에 쏟아 냈을 것이다.

나는 종종 언젠가 만나게 될 2세의 이름을 짓는 데 데이트 시간을 다 써 버리곤 했었다. 그중엔 정말 마음에 드는 예쁜 이름도 있었고, 우스꽝스러운 이름도 있었다.

그러나 결국엔 정하지 못했다. 우리는 미래에 아기의 얼굴을 확인하고 나서 거기에 어울리는 이름을 정해 주기로 했다.

이름을 짓는 시간이 즐거웠던 이유는, 사랑하는 사람과 긍정적인 미래를 상상하는 일이 언제나 즐겁기 때문이다.

아기를 만나게 될 그 날엔 우리는 분명 행복할 거라고 확신했던 것 같다.

그런데 예상보다 이른 때에 아기는 우리에게 찾아왔다.

엄마가 될 준비가 되어 있지 않았던 선아는, 오랫동안 생리를 하지 않자 생명이 찾아온 게 아니길 기도하고 또 기도했고, 다시 생리를 시작했을 때 그 어느 때보다도 안심되었다고 고백했다. 그녀는 착상혈을 생리혈이라고 착각하고, 양수를 소변으로 생각했던 건, 어쩌면 자신의 바람이 스스로를 속이게 만든 걸지도 모른다고 말했다.

선아는 두 달 동안 누구에게도 속마음을 털어놓지 못

하고 자신의 착각이 진실이기를 바라며 이 시간이 지나가기를 바랐다.

이틀간의 짧은 입원 후 선아는 퇴원을 하고 우리 집에 잠시 머물렀다. 그녀는 다시 내 곁으로 돌아왔고, 나는 그녀 곁으로 돌아갔다.

그동안 어떻게 지냈는지, 무슨 생각을 하며 지냈는지, 얼마나 보고 싶었는지, 그리고 만지고 싶었는지.

우리는 침대에 누워 마주 보고 대화를 나눴다. 이미 통화로도 나눴던 이야기들이었지만 전파를 통해서가 아닌 공기의 진동으로 대화를 하는 것은 전혀 다른 느낌이었다.

"생리를 오랫동안 안 해서 걱정했어."

선아가 말했다.

"그런데 어느 날부터 생리혈이 나오는 것 같길래 생리대를 찼는데, 나중에 알고 보니 그게 착상혈이었던 거야. 나는 피 색깔 구분을 못 하니까 몰랐던 거지. 나는 다시 생리를 시작한 줄 알고 엄청 기뻤어. 임신한 줄 알고 걱정을 많이 했으니까. 그런데…… 진짜 임신이었던 거야. 아기를 품고 있으면서 품지 않아서 다행이라고 생각했던 과거의 내가 너무…… 바보 같아."

"왜 나한테 말 안 했어."

"오빠한테 말하기가…… 좀 그랬어. 그때 우리의 상황

에서 임신 테스트까지 해 보자고 하면, 나도 그렇고 오빠도 그렇고 많이 혼란스러울 것 같아서.”

“너의 아이기도 하지만 우리의 아이잖아.”

“말하지 않은 건 미안해.”

“아니야. 미안해할 필욘 없어. 내 말은 그렇게 힘든 일이 있으면 나에게 털어 줬으면 좋겠다는 말이야.”

“이 말…… 내가 예전에 오빠한테 했던 말 같은데.”

“맞아.”

“……있잖아.”

“응.”

“내가 실명이 되고 나서 깨달은 게 있어.”

“뭔데?”

“볼 수 있다는 게 얼마나 감사한 일인지. 그냥…… 무언가를 본다는 감각이 그리워. 오빠가 보고 싶고, 엄마 아빠랑 선재가 보고 싶고, 구름도 보고 싶고, 달도 보고 싶고, 길가에 버려진 쓰레기도 보고 싶고, 거울로 내 얼굴도 보고 싶어. 심지어 그렇게 싫어하던 비둘기도 보고 싶어. 실명되기 전엔 몰랐어. 볼 수 있다는 게 얼마나 감사한 일인지. 정말…… 얼마나 감사한 일인지.

사람은 뭐든지 잃어버리기 전까진 그게 얼마나 소중한지 모르는 거 같아. 안다고 생각하지만 내가 볼 땐 그냥 아는 척하는 거야. 부모님을 여읜 사람이 자신의 불효를 뒤늦게 후회하고, 이어폰을 잃어버린 사람이 음악이 주는 즐거움을 그리워하는 것처럼. 그걸 마냥 누리고 있을 땐 몰라. 소중함을. 진짜 소중함을 느끼려면 그걸 잃어버려 봐야 해."

선아의 오른쪽 팔엔 애착 인형이 안겨 있었다. 나는 선아의 독백을 잠자코 들으며 그녀의 왼손을 만지작거렸다. 선아의 손은 차가웠고 나의 손은 따뜻했다.

"처음엔 진짜 원망스러웠어. 도대체 왜 나한테 이런 일이 벌어졌을까? 왜 갑자기 앞이 보이질 않는 걸까? 만약 신이 있다면, 나는 마음껏 미워할 준비가 되어 있었어. 그렇게 처음엔 화살이 밖을 향해 있는데, 어느 순간 이런 생각도 들더라고. 그동안 나의 억압들이 쌓이고 쌓여 이런 응보를 받게 된 게 아닐까? 사춘기 때 부모님한테 대들었던 게 떠오르고, 친구한테 상처 주는 말을 했던 게 떠오르고, 초등학생 때 놀렸던 남자애의 얼굴이 떠오르고, 내가 그동안 행했던 모든 악행들이 하나둘 떠오르는 거야."

"무슨 그런 생각을 해. 하지 마."

"들어 봐."

"응."

"신을 미워하고, 나를 미워하고, 다시 신을 미워하고, 나를 미워하고. 그렇게 계속 반복되다가 문득 깨달았어. 내가 아까 말했지? 사람은 뭐든지 잃어버리고 나서야 소중함을 깨닫는다고. 내가 시각의 소중함을 그리워하고 있는 와중에 나는 다른 걸 흘려보내고 있었어."

선아는 잠시 숨을 돌리고 말을 이었다.

"삶. 나는 내 삶을 흘려보내고 있었어. 시각을 그리워하면서, 신과 나를 원망하면서 그렇게 나의 삶을 방치하고 있었던 거야. 아직 나는 살아갈 날이 많이 남았고, 살아온 소중한 추억들도 있잖아. 나를 사랑해 주는 사람들이 있고, 내가 사랑하는 사람도 있고. 그런데 나는 삶을 내팽개쳐 놓고 죽기 직전인 사람처럼 말하고 행동하고 있더라. 앞이 안 보여도 충분히 살아갈 수 있는데. 나한텐 아직청각과 후각과 미각과 촉각, 그리고 머릿속에 그림을 그릴 수 있는 상상력이 있는데. 뭐든 잃어버리고 나서야 뒤늦게 소중함을 느낀다는 것을 깨달았으면서, 나는 또 같은 실수를 반복할 뻔했던 거야. 그래서 나는 죽기 전에 후회하지 않기 위해서, 삶이라는 물건을 잃어버리기 전에삶의 소중함을 느끼는 연습을 하려고."

차가웠던 선아의 손은 어느새 미지근해졌다.

그리고 따뜻했던 나의 손도 미지근해졌다.

내 온기가 그녀에게 옮겨진 것이었다.

봄의 목소리

지붕을 덮었던 눈은 모두 녹아 땅속으로 스며들었고, 처마 끝에 매달린 위협적인 고드름은 언제 그랬냐는 듯 자취를 감춘 지 오래다. 곤충과 산짐승들은 겨울잠에서 깨어나 기지개를 켜고, 새 학기가 시작된 학생들은 등교를 했다.

늘 그랬던 것처럼 어김없이 봄이 왔다.

선아는 시각 장애인 복지관에서 후천적으로 시력을 잃은 중도 시각 장애인을 위해 마련된 재활 훈련을 받기 시작했다. 점자 교육, 컴퓨터 교육, 보행 훈련, 사회 적응 훈련 등 사회 구성원으로서 자립해 살아갈 수 있도록 기초 과정을 교육받는 곳이었다. 그곳에 있는 시각 장애인분들과 교류를 하며 선아의 우울증은 호전되어 갔다.

"정말 신기한 게 뭔지 알아?"

선아가 말했다.

"그분들 앞에서 '안녕하세요. 제 이름은 윤선아입니다' 라고 소개만 했는데 엄청 큰 위로가 됐어. 처음 뵌 분들이어도 나랑 비슷한 경험을 한 사람들이랑 있으니까 마음이 너무 편하더라. 거기다 어떤 분은 실명되고 나서 1년 동안 집에만 계셨대. 나는 그래 봤자 석 달인데."

전보다 밝아진 얼굴로 재잘대는 선아를 나는 흐뭇하게 바라보았다.

봄은 눈만 녹인 게 아니었다.

＊

선아와 촉각 명화전이라는 전시회를 갔다.

입체적으로 재탄생시킨 세계적 명화들을 만지며 감상할 수 있는 전시회였다. 본래의 전시회 같은 경우는 '만지지 마세요. 눈으로만 보세요'라는 문구가 작품 옆에 붙어 있기 마련인데, 이곳에 전시된 작품들은 실컷 만질 수 있었다.

나는 최대한 선아와 비슷한 감각으로 작품을 체험해 보고 싶어 비치되어 있는 안대를 착용하고 도슨트의 설명을 들으며 전시를 둘러보았다. 아니, 둘러 만졌다. 조각상으로 구현된 모나리자의 손을 더듬어 보기도 하고, 천지창조의 아담의 손가락 끝에 내 손가락을 맞대 보기도 했다.

한창 작품을 감상하던 중, 도슨트가 말했다.

"중도 시각 장애인분들은 한 번쯤은 봤던 유명한 작품들이라 기억을 더듬으며 감상할 수 있으실 거예요. 맞아, 이건 이거지. 하면서요."

그러자 옆에 있던 한 관객이 말했다.

"저는 살면서 모나리자를 처음 만져 봅니다. 눈썹이 없는 여자라고 말로만 지겹게 들어 왔지, 어떻게 생겨 먹은 지는 몰랐는데 말이에요."

그는 자신이 선천적 시각 장애인이라고 말했다.

선아와 같은 중도 시각 장애인에겐 떠올릴 만한 기억이 남아 있는 반면, 그림을 한 번도 보지 못한 선천적 시각 장애인에겐 떠올릴 만한 기억이 없었다.

그가 상상하고 있는 모나리자는 어떤 모습일까. 그는 눈썹이 없는 여자라고만 알고 있을 텐데, 그에게 모나리자의 뒤에 펼쳐진 산과 강의 몽환적인 배경을 설명해 준 사람은 있었을까.

전시회 체험을 마치고 갤러리에서 두 블록 떨어진 곳에 있는 곱창집에서 저녁을 먹었다. 선아가 제일 좋아하는 음식 중 하나였다.

"아까 그분 있잖아."

곱창이 구워지고 있는 중에 선아가 말했다.

"앞이 보인다면 어떤 걸 가장 보고 싶으실까."

"음. 가족이랑 친구, 별. 이런 거 아닐까."

"그것도 그런데."

선아가 말했다.

"자기 자신을 가장 먼저 보고 싶어 할 거 같아. 본인이 어떻게 생겼는지, 가장 궁금하지 않을까?"

"그렇겠다."

"왜냐하면 내가 지금 그러거든. 내가 남들 앞에서 어떤 모습을 하고 있는지 모른다는 건 너무 힘든 일이야."

"맞아. 사람은 누구나 그렇지."

"나한텐 상상할 수 있는 기억들이 많이 남아 있어서 다행이야. 내 얼굴도 그렇고 오빠 얼굴도 그렇고."

우리는 식사를 마치고 나와 가까운 공원으로 걸었다. 선아가 실명이 되고 나서부턴 사람과 차로 북적이는 번화가보단 한적한 공원을 자주 찾았다. 선아는 지팡이 보행을 했다. 그녀는 케인을 쓰는 데 거리낌 없고 익숙해 보였다.

"사람들의 시선 때문에 나의 안전을 포기할 순 없잖아."

선아는 지팡이를 짚으며 말했다.

나는 그녀와 함께 봄의 기운이 만연한 공원을 나란히 거닐었다. 알록달록한 봄꽃과 무리 지어 다니는 참새들을 보고 있자니 마음의 때가 씻겨 나가는 기분이었다.

"복지관에 계시는 선생님 중에 선천적 시각 장애인이신 분이 있어."

선아는 이점촉타법으로 앞으로 나아가며 말했다.

"그분은 봄이 온 걸 소리로 안대. 비장애인들은 개나리나 벚꽃이 피면 아, 봄이구나 하잖아. 그런데 그 선생님은 봄도 그렇고 여름도, 가을도, 겨울도 모두 소리로 기억한대. 계절마다 각자의 목소리를 가지고 있어서 걔네가 말을 걸어온다는 거야.

처음에 그 얘길 듣고 의문이 들었는데, 생각해 보니 나도 봄의 목소리를 듣고 있었더라고. 새 학기가 시작되고 나서 들리는 학교 종소리랑 아이들 등하교 소리, 새소리, 봄바람 소리. 요즘엔 밖을 걸을 때 이어폰을 꽂질 않으니까 주위 소리에 집중하면서 걷는데, 그 모든 소리가 봄의 목소리였던 거야. 나는 이제 선생님의 말이 무슨 뜻인지 알 것 같아. 여름이 오면 매미 우는 소리가 나고, 가을이 오면 낙엽 밟는 소리가 나겠지. 그리고 겨울이 오면 눈 밟는 소리가 날 거야. 나는 지금까지 계절이 입히는 색만 생각했었지, 계절이 내는 목소리를 생각해 본 적이 없었는데. 선생님 덕분에 하나 배웠어."

나는 그녀가 말하는 봄의 소리에 귀를 기울이며 공원을 걸어 보았다. 눈에 보이는 현란한 봄꽃들의 색깔에 주위를 뺏기지 않기 위해 선아의 옆모습에 시선을 고정했다.

봄이 내뿜는 색이 아닌, 봄이 내는 목소리를 들어 보았다.

참새 소리. 아이들의 웃음소리. 선아의 지팡이가 땅을 두드리는 소리. 농구공 튕기는 소리. 개 짖는 소리. 자전거 벨 소리. 라켓에 맞고 왔다 갔다 하는 배드민턴 공 소리. 누군가가 틀어 놓은 사랑 노래. 따뜻한 봄바람 소리.

이 모든 소리들은 하나의 소리로 버무려졌다.

봄의 목소리였다.

*

나는 내성적이어서 사람이 많은 곳을 피해 다니는 성격이다.

쉬는 날엔 아주 가끔 친구를 만나고 대부분은 집에서 영화를 보거나 게임을 하며 시간을 보냈다. 선아와 만나기 전까진 말이다.

선아는 나와 반대다. 그녀가 찾아다니는 장소는 대부분 명소여서 필연적으로 사람들로 북적거렸다. 그런 곳이어야만 선아는 비로소 놀러 나왔다는 기분이 든다고 말했다.

내향적인 사람과 외향적인 사람이 사귀게 되면 신기한 일이 벌어진다. 내향적인 사람이 외향적으로, 외향적인 사람이 내향적으로 바뀌는 것이다. 사실 사람은 두 가지 성향을 모두 가지고 있어서 상대를 통해 자기 안의 새로운 모습을 발견하는 셈이다.

결론적으로, 서로 '닮아' 간다.

전시회, 노래방, 맛집, 볼링 같은 것에 별 관심이 없었던 나는 게임, 영화, 산책, 서점 같은 것에 별 관심 없던 선아와 만났다. 교집합이 없던 우리의 관심사는 우려와는 달리 합집합이 되어 오히려 확장되었다. 나는 가끔 혼자서 노래방에 가서 노래를 불렀고, 그녀는 혼자 피시방에서 게임을 했다.

나는 선아를 닮아 갔고, 선아는 나를 닮아 갔다.

봄의 공원을 빠져나와 우리는 노래방에 갔다.

노래를 부르고 싶다는 나의 혼잣말을 선아가 놓치지 않고 들었기 때문이다.

나는 그곳에서 엠씨더맥스의 노래를, 선아는 투애니원의 노래를 열창했다. 그녀는 투애니원의 광팬이어서 웬만한 노래의 가사를 다 외운 수준이었다. 그래서 가사를 보지 못해도 노래를 끝까지 부를 수 있었다. 선아는 그동안 묵혀 놓은 에너지를 방출하는 듯 자리에서 일어나 몸을 흔들며 노래를 불렀다. 그녀가 속으로는 무슨 생각을 하고 있을진 모르겠지만, 이토록 흥에 겨워 즐거워하는 모습을 정말 오랜만에 보았다.

한 시간 동안 스무 곡 정도를 내리 부르고 셀프 사진관
에 갔다. 리모컨을 들고 찍고 싶은 구도로 찍을 수 있는 포
토 부스였다.

사진관에 놓여 있는 액세서리와 소품들을 이것저것 집
어 보다가 나는 문득 선아가 실명되었다는 사실을 망각했
다.

우리의 데이트 코스가 예전과 다를 게 없어서, 다른 연
인들과 별다를 게 없어서, 이 순간이 너무 행복해서.

그 찰나의 순간에 나는 망각했다.

"오빠. 나 선글라스 좀."

선아는 사시가 된 오른쪽 눈동자를 가리고 싶다며 선
글라스를 끼고 산타 모자를 썼다. 그녀의 말에 나는 현실
로 돌아왔다.

나는 이것저것 써 보다가 그녀에게 맞춰 루돌프 머리
띠를 썼다.

그렇게 선글라스를 낀 멋쟁이 산타와 못난이 루돌프는
각기 다른 자세로 네 장의 사진을 찍었다.

"잘 나왔어?"

사진관을 나오며 선아가 물었다.

"우리가 언제 못 나온 적 있어."

내가 답했다.

"그건 그래."

우리는 집으로 돌아가기 위해 전철역으로 들어갔다. 전철 플랫폼으로 내려가려던 그 때, 선아가 멈춰섰다.

"왜 그래?"

"호두과자 냄새."

선아는 좌우로 번갈아 고개를 돌려 가며 콧구멍을 벌 렁거렸다.

"나 먹고 싶어."

나는 선아를 호두과자 가게 앞으로 데려가 어떤 메뉴 가 있는지 말해 주었다.

"팥 여섯 개랑 슈크림 세 개 먹자."

선아가 말했다.

나는 그녀가 말한 대로 주문을 하고 기다렸다. 그 때, 호두과자를 봉지에 담고 있던 아주머니가 나를 바라보며 의미심장한 미소를 지었다. 그러고 봉지를 건네며 말했다.

"하나씩 더 넣어 드렸어요."

"네? 왜요?"

내가 묻자 아주머니는 대답을 하지 않고 턱 끝을 까딱 거리며 눈짓으로 선아를 가리켰다. 그러곤 윙크를 하며 다시 미소를 지었다.

나는 처음에 그게 무엇을 의미하는지 몰랐다가 잠시 후에 눈치를 챘다. 그녀는 시선 처리가 부자연스러운 선아가 시각 장애인이라는 것을 알아채고 동정하는 마음으로 호두과자 두 알을 더 챙겨 넣은 것이었다. 그렇게 짐작한 나는 아주머니의 호의에 어떻게 반응해야 할지 몰라서 잠시 머뭇거리다가 감사합니다, 하고 돌아섰다.

나는 선아의 손을 잡고 엘리베이터 앞으로 걸었다.

"왜 더 주신 거래?"

선아가 물었다.

"우리가 예뻐 보여서 두 개 더 주셨대."

"진짜? 감사하네."

나는 아주머니의 행동을 있는 그대로 말하지 못했다.

그 턱짓과 윙크는 무엇을 의미하는 걸까. 엘리베이터를 타고 내려가 의자에 앉아 전철을 기다릴 때까지 나는 생각에 잠겼다. 만약 내가 생각하는 그 뜻이 맞다면 나는 추가로 받은 두 알의 호두과자를 반납하고 싶었다.

그러나 내겐 그럴 용기가 없었고, 선아와 나는 전철이 도착하기 전에 호두과자를 모두 먹어 치웠다.

애석하게도 맛있었다.

✱

집에 들어오자마자 땀에 젖은 옷을 전부 벗어 빨래 통에 집어 던졌다. 갑작스럽게 더워진 낮은 긴팔을 입고 다니기 부담스러울 정도로 더웠다. 나체가 된 나는 화장실로 들어가 샤워를 할 준비를 했다.

"같이 하자."

화장실로 들어가려던 나를 선아가 불러 세웠다. 그녀는 거실 한복판에 우두커니 서 있었고 나처럼 발가벗고 있었다.

우리는 같이 샤워를 했다. 선아는 오랜만에 발가벗은 자신의 몸을 보여 주는 게 부끄럽고 어색했는지 내게 찬물을 뿌리며 장난을 쳤다.

샤워를 끝내고 나와 물기를 닦고 머리를 말렸다. 내 머리를 먼저 빠르게 말리고 선아의 머리를 말려 주었다. 중단발의 머리여도 숱이 많아서 말리는 데 오래 걸렸다. 몸과 머리를 모두 말리고 속옷을 입으려고 하던 그 때, 선아가 말했다.

"우리 옷 입지 말자."

나는 그녀가 일종의 신호를 보내고 있다는 것을 눈치챘다.

나는 발가벗은 채로 침대에 올라갔다. 뽀송뽀송해진 피부가 부스스한 이불 표면에 닿는 기분이 좋았다. 곧바로 선아도 침대에 올라왔다. 천장을 보고 누워 있는 나를 그녀가 안았고 왼쪽 다리를 나의 배 위에 올렸다. 선아는 양손으로 내 턱을 잡고 자기 쪽으로 돌렸다. 그리고 눈을 감고 살포시 입을 맞췄다. 턱을 잡지 않으면 입술의 위치를 파악하지 못했기 때문에 선아는 늘 입을 맞추기 전에 양손으로 나의 턱을 잡는 습관이 생겼다.

나는 천천히 몸을 돌렸고 우리는 키스를 했다.

그다음엔 서로의 몸을 애무했고 섹스를 했다.

여기엔 많은 의미가 담겨 있었다.

선아가 실명되고 나서 처음으로 하는 4개월 만의 섹스였고, 우울증과 유산으로 인해 닫혀 있던 그녀의 마음의 문이 어느 정도 열렸다는 것을 뜻했다.

섹스가 끝나고 우리는 서로를 껴안은 채로 한동안 있었다. 서로의 꼬릿한 땀 냄새가 섞여 풍겼지만, 그것마저도 좋았다.

"나는 네가 실명되고 성욕도 사라진 줄 알았어."

내가 말했다.

"앞이 안 보이는 거랑 성욕이랑 무슨 상관이야."

선아가 말했다.

"그냥 무기력증 때문이었어."

"어쨌든 오랜만에 하니까 좋다."

"오빤 그동안 어떻게 참았어?"

"나는 그냥……"

"자위했어?"

"응." 내가 말했다. "좀 그런가?"

"아니 전혀. 건강하다는 증거잖아. 오히려 안 했다고 하면 걱정할 뻔했어."

우리는 적어도 일주일에 한 번 이상은 섹스를 했었다. 그런 우리가 4개월이 넘게 관계를 맺지 않았다는 것은 나름대로 엄청난 변화였다. 부끄럽지만 나는 선아가 성욕이 증발해 버린 건 아닐까 진지하게 걱정했었다. 그런 걱정이 무색하게도 그녀는 예전의 모습으로 돌아와 주었다.

"나 곧 생일이잖아."

선아가 말했다.

"응. 한 3주 남았나."

내가 말했다. 그녀의 생일은 4월 17일이었다.

"나 받고 싶은 선물 있어."

"뭔데?"

"필름 카메라."

"카메라?"

"응. 근데 그냥 카메라 말고 필름 카메라."

"특별한 이유가 있어?"

"있지. 필름 카메라는 사진을 바로 확인 못 하고 인화하기까지 어느 정도 시간이 걸리잖아. 요즘엔 다들 필터 씌워서 찍고, 마음에 안 들면 다시 찍고, 게다가 다 찍고 나서도 수정하는데. 필름 카메라는 그런 걸 못 하니까. 뭔가…… 낭만 있잖아."

"그렇긴 하지."

"내 것만 말고 오빠 거도 사. 그리고 각자의 카메라로 서로를 찍어 주는 거야. 그다음엔 인화해서 앨범에 꽂아 두고, 사진 밑에 점자로 메모까지 해 두는 거지."

"완전 아날로그 감성이네."

내가 말했다.

"그런데…… 내가 너를 찍어 줘도 결국 사진은 못 보잖아. 그래도 상관없어?"

"응 괜찮아. 내가 중요하게 생각하는 건 사진이 어떻게 나왔느냐가 아니라."

선아는 나의 가슴팍에 손가락으로 원을 그리며 말했다.

"카메라를 잡은 사람의 시선이 중요해. 무슨 말이냐면…… 나를 찍기 위해 카메라를 잡고 이리저리 구도를 잡는 오빠의 모습을 상상만 해도 기분이 좋다는 거야. 그 시간은 오롯이 나에게만 집중하는 시간이잖아."

＊

새로운 습관이 생겼다.

길을 걷거나, 건물에 들어설 때마다 시각 장애인에게 불편할 법한 요소들을 발견해 내는 습관이었다.

횡단보도 앞에 있는 점자 블록이 훼손되어 있는 것, 공원의 계단이 불규칙하고 울퉁불퉁한 바위로 되어 있는 것, 인도에 갑자기 푹 꺼지는 부분이 있는 것, 건물 내부 안내판에 점자가 제대로 적혀 있지 않는 것을 발견하는 식이었다. 전에는 무심코 지나쳤던 것들이 출퇴근길에 계속해서 눈에 밟혔다. 마치 새로운 안경을 쓴 기분이었다.

나는 선아의 남자 친구이기도 했지만,

시각 장애인의 남자 친구이기도 했다.

어느새 내겐 이런 정체성이 자연스럽게 자리 잡아 가고 있었다.

회사의 업무는 평소처럼 단조로웠고 특별한 일은 없었다.

직장 내 9할이 남자 직원이었기 때문에 사내 연애 소식 같은 것을 기대하기도 힘든 분위기였다. 내가 근무하는 곳은 주로 기업이나 개인의 오더를 받아 어플리케이션을 제작하는 개발사로, 신생 여행사나 보험사, 설문이나 여론 조사 플랫폼 등 여러 가지 앱을 만드는 개발사였다.

이곳에서 일하고 있는 경력이 오래되고 뛰어난 개발자들에 비하면 나는 3년밖에 안 된, 막 신입의 티를 벗어난 개발자였다. 낮에는 일을 하고 퇴근 후엔 따로 블로그를 운영하며 자신의 개발 일기를 쓰는 개발자들도 있는 반면, 나는 내가 하는 일에 대해 불타오르는 열정 같은 것을 좀처럼 느껴 본 적이 없다.

나는 무언가를 더 배우고 싶다거나 하는 것보다 월급을 받는 게 부끄럽지 않을 정도로 적당한 선에서 일의 감각을 유지하는 쪽을 선택하고 있다.

그래서 그런지 나는 2년 동안 별 탈 없이 한곳에서 근무하고 있다. 오히려 실력 있는 개발자들은 한 회사에 오래 머무르지 않고 연봉을 높게 불러 주는 곳으로 발 빠르게 이직을 하곤 했다.

내가 제일 가깝게 지내는 동료인 윤조는 나보다 3개월 일찍 입사했다. 형식상 그가 선임이긴 하지만 입사 주기가 별 차이가 나지 않고, 내가 두 살 더 많아서 그런지 그는 나를 입사 동기로 여겨 주고 있다.

일을 대하는 가치관을 비롯해 성격이나 대화 코드가 나와 크게 어긋나지 않아서 우리는 금세 친해졌고, 퇴근 후 종종 한강 공원에서 돗자리를 깔고 야경을 바라보며 맥주를 들이켜곤 했다. 우리만의 스트레스 해소법이었다.

겨울엔 날씨가 날씨인지라 한동안 그 재미를 누리지 못했는데, 기다렸던 봄이 찾아오기도 했으니 나는 오랜만에 그에게 퇴근 후 한강에 가자고 말했다. 윤조는 일말의 망설임 없이 흔쾌히 수락했다.

그래서 우리는 목요일 밤, 한강 공원에 돗자리를 깔고 앉아 치킨을 뜯으며 캔 맥주를 들이켜고 있다. 날씨가 풀려서 그런지 공원에는 돗자리를 깔고 앉은 사람들로 북적거렸다. 그중의 반 이상은 연인들이었다.

"내 님은 어디에 있나."

윤조는 공원을 한 바퀴 쭉 둘러보곤 말했다.

현재 애인이 없는 그는 조금 특별한 구석이 있었는데, 꽤 확고한 신념을 가진 비혼주의자라는 것이었다. 그의 말로는 지금까지 아홉 번의 연애를 해 왔고 마흔 명이 넘는 여자와 잠자리를 가졌다고 했다. 물론 마흔 번의 거사는 연애를 하고 있지 않은 중에 치렀던 일들이었다. 그 횟수를 카운트하고 있다는 것을 나는 신기하게 여겼는데, 윤조는 그것을 나름의 자부심으로 여기고 있었다.

나는 언젠가 그만의 비법 같은 것이 있냐고 물었고, 그는 이렇게 답했다.

"비법 같은 건 없어요. 대신 저는 한 가지 진실을 알고 있을 뿐이에요. 여자는 외로움을 견디지 못하는 생물이라는 진실이요. 남자보다 여자들이 더 외로움에 취약하죠."

그의 지론대로라면 남자인 자신이 여자를 그토록 좋아하는 것의 딱 두 배만큼, 여자는 남자를 그토록 바라고 있다는 것이었다. 무슨 근거로 그런 논리를 터득했는지 모르겠지만, 그동안의 삶의 경험을 통해 윤조는 나름의 개똥철학을 가지고 있었다.

이토록 여자를, 그리고 섹스를 좋아하는 그가 유독 결혼에 대해서만 진절머리를 내는 것은 내겐 꽤 흥미로운 구석이었다.

요즘에 결혼을 꺼리는 사람들이 많이 있으니 그들과 비슷한 연유이지 않을까 혼자서 짐작했었는데, 오늘은 술기운을 빌려 그에게 자세한 이유를 묻고 싶어졌다.

"비혼주의자가 된 이유가 뭐야?"

나의 물음에 윤조는 말없이 한강 다리를 쳐다보았다.

"물어보면 안 되는 건가?"

뻘쭘해진 내가 말했다.

"저 다리 위를 건너는 차들도 그렇고, 여기 공원에 있는 수많은 사람들도 그렇고. 이렇게 많은 사람들이 지구를 밟고 살아가는 모습을 볼 때마다 저는 이런 생각을 해요."

윤조가 말했다.

"이 사람들이 세상에 태어나기 전엔 어느 남녀의 결혼식이 있었겠지. 그리고 아이를 낳기 위해 계획적인 섹스도 했겠지. 하고 말이죠. 때로는 순서가 반대인 경우도 있고요. 제가 하고 싶은 말은, 제가 굳이 결혼을 하지 않아도 어느 누군가는 결혼을 해서 아이를 낳을 거고 세상은 사람들로 채워질 거라는 말이에요."

"……요즘엔 저출생 문제가 심각한걸."

"그렇죠. 하지만 그건 지극히 나라의 관점에서만 문제인 거예요. 젊은 노동 인구가 줄수록 정부 입장에선 국가 경쟁력이 줄어드는 건 사실이니까요. 하지만 개인에게 있어선 오히려 결혼을 하지 않고, 만약 한다고 해도 아이를 낳지 않는 게 유리하다고 여기는 추세잖아요. 스스로 짊어지기 힘든 짐을 짊어지면서까지 국력을 생각하는 사람이 얼마나 될까요."

"짐이라면 구체적으로 어떤 걸 말하는 거야?"

"아무래도 경제적인 거겠죠. 아이를 낳고 남부럽지 않게 키우려면 한 명당 최소 10억 가까이 든대요. 저는 차라리 그 돈으로 여행을 가겠어요."

나는 한 달 전에 우태와 나눴던 대화가 떠올랐다.

하나의 주제를 두고 바라보는 관점이 이렇게나 다를 수도 있구나 하는 생각이 들었다. 누군가는 개인의 시간과 노력을 빼앗기면서까지 구태여 부모가 되기를 원하지 않는다. 그러나 누군가는 그럼에도 불구하고 부모가 되기를 원했다.

"그럼 만약에."

내가 말했다.

"너에게 충분한 돈이 있다면, 결혼을 하고 아이를 낳을 거야?"

나의 질문에 윤조는 생각에 잠겼다.

"그것도 잘 모르겠어요."

윤조가 말했다.

"그럼 그저 한 사람과 오랫동안 함께해야 한다는 약속 자체가 부담스러운 거야?"

"……그럴지도요."

윤조는 더는 하고 싶은 말이 없는지 치킨을 입에 물었다. 그러나 초점 없는 눈빛으로 돗자리의 한 문양을 응시하고 있는 그의 모습을 보아하니, 어떤 말을 하고 싶어 하는 게 분명해 보였다. 나는 그가 입을 열 때까지 얌전히 기다렸다.

"다섯 살 때, 엄마가 집을 나갔어요."

윤조가 말했다.

"아빠는 당시에 자동차 부품을 만드는 공장에서 일을 하고 있었고, 엄마는 동네 내과에서 간호조무사로 일하고 있었죠. 아빠는 3교대로 일을 해서 새벽까지 일하는 날이

잦았고, 저는 주로 엄마와 함께 잠을 잤어요. 저는 지금도 기억나요. 엄마가 가출한 날 밤에 장대비가 쏟아졌어요. 분명 엄마를 껴안고 자고 있었는데, 다음 날 아침이 되니까 엄마가 옆에 없었어요. 집 안을 구석구석 뒤지면서 엄마를 불렀는데 어디에도 없었죠. 주말이어서 일을 나가는 날도 아니었어요. 저는 슬리퍼를 신고 옥상으로 올라가 봤어요. 엄마는 빨래를 널기 위해 옥상에 자주 올라갔거든요. 그런데 옥상에도 엄마는 없었어요. 밤중에 비가 억수로 쏟아지더니, 아침이 되니까 언제 그랬냐는 듯이 해가 쨍쨍했어요.

저는 다시 집으로 들어와서 거실 소파에 앉아 멍을 때렸어요. 아빠는 아직 공장에서 일을 하고 있었고 집에는 저 혼자만 있었죠. 엄마가 없는 아침을 처음 맞이해 본 저는 놀란 마음에 결국 눈물을 터뜨렸어요."

윤조는 맥주를 한 모금 들이켜고 말을 이었다.

"지금 생각해 보면 엄마가 비가 쏟아지는 밤에 가출한 이유를 알 것 같아요. 엄마는 발소리를 숨기고 싶었던 거예요. 빗소리와 천둥소리에 자신의 발소리가 묻히길 바랐던 것 같아요."

"그런 일이 있었구나."

"굳이 말하고 다니지 않는 이야기인데. 형한테는 말해도 될 것 같았어요."

나는 괜스레 기분이 좋았다. 누군가에게 있어 마음에

담아 두고 있는 이야기를 풀어 낼 수 있는 존재가 된다는 건 기분 좋은 일이었다.

"그래서 저는 한 여자에게 제 마음을 온전히 떠맡기지 못하나 봐요. 그때의 기억이 트라우마로 남아 있어서, 언젠가는 이 여자도 나를 떠나갈지도 모른다는 두려움이 남아 있어요."

나는 더 이상 그가 비혼주의자라는 것에 대한 이유가 궁금하지 않았다. 그에게 들은 이야기들을 종합했을 때, 이유에 대한 설명은 충분한 듯했다.

"나는 일곱 살 때 아빠가 돌아가셨어. 폐암으로."

내가 말했다.

"그때 아빠 나이가 서른다섯 살이었으니까, 지금의 나보다 여섯 살 형이었지. 그렇게 한창 젊은 나이에 삶을 마감해야 했을 때, 새파란 자식을 두고 떠나야만 했을 때, 아빠는 무슨 생각을 했을까. 나는 종종 그런 생각을 해. 그당시 아빠가 했을 생각에 대한 생각.

내 기억 속의 아빠는 주로 병실에 누워 항암 치료를 받는 모습으로 남아 있어. 유치원에서 그린 가족 그림을 들고 와 아빠한테 보여 주면 아빠는 가느다랗게 뜬 눈으로 그림을 보고선 끄덕거리며 웃어 보였지. 아빠가 임종 전에 가장 많이 했던 말은 '미안해'였어. 나보다는 엄마한테 많이 말했어. 아빠는 엄마에게 진심으로 미안해했어. 뭐가 미안하냐고 엄마가 물으면 아빠는 전부 다, 라고 답했지.

너무 어렸을 때 아빠가 돌아가셔서, 게다가 주로 병실에 누워 있는 모습밖에 보지 못해서 나는 '좋은 아빠'가 무엇인지에 대해서 알지 못해. 반대로 '나쁜 아빠'에 대한 데이터도 없지. 이렇다 할 아빠의 본보기가 없는 거야. 나는 일곱 살 때부터 엄마와 할머니의 품에서만 자라 왔어.

그래서 나는 가끔 이런 질문들이 불쑥불쑥 튀어 올라와. 내가 과연 좋은 아빠가 될 수 있을까? 좋은 아빠라는 건 도대체 어떤 모습을 하고 있을까? 하는 질문들."

"형은 분명 좋은 아빠가 될 수 있을 거예요. 확신해요."

"어째서 확신해?"

"이런 고민을 일찍부터 하고 있잖아요. 이런 고민은…… 좋은 아빠가 될 사람들만 하는 고민이에요. 그리고 무엇보다 저는 형을 곁에서 지켜봐 왔으니까요. 좋은 사람이라는 걸 누구보다 잘 알고 있죠. 형수님이랑 형을 쏙 빼닮은 아이라면 분명 귀여울 거예요. 빨리 결혼해서 애를 낳아요. 제가 자주 놀러 가서 아이랑 놀아 줄게요. 저는 제 자식을 기를 자신이 없을 뿐이지, 아이들은 무척 좋아하거든요."

내가 하는 사랑과 미래를 응원해 주는 그가 나는 고마웠다.

"나, 너한테 말하지 않은 사실이 있어."

"뭔데요?"

나는 그에게 선아가 실명된 사실을 말했다. 작년 11월 중순에 실명되었다는 것, 일주일 동안 휴가를 썼던 것은 그녀를 간호하기 위함이었다는 것, 그동안 여러 치료를 병행했지만 나아질 기미가 보이지 않았다는 것, 그로 인해 선아가 우울증을 겪었다는 것.

그러나 유산을 한 사실은 이야기하지 않았다. 그 이야기는 왠지 선아의 허락을 맡고 나서 이야기해야만 할 것 같았다. 그리고 굳이 우리의 아이를 빨리 보고 싶다고 말한 그의 앞에서 그 이야기를 꺼내고 싶지도 않았다.

자초지종 이야기를 마치자, 윤조는 내가 그 사실을 숨기고 지금까지 태연하게 일을 했다는 점에서 제일 놀랐다.

"형, 생각보다 엄청 프로페셔널하네요. 저는 정말 전혀 몰랐어요."

"다른 사람들은 몰라도 너한텐 언젠가 말해야지 생각하고 있었는데, 오늘에서야 말했네. 혹시 서운하다면 사과할게."

"아니요. 전혀 서운하지 않아요."

윤조가 말했다.

"이런 걸로 서운해하는 사이면, 이렇게 퇴근 후의 황금 같은 시간을 한강에서 맥주를 마시면서 함께 보내지 않겠죠. 친한 사이라고 해서 꼭 서로의 모든 내용을 다 알아야 할 필요는 없잖아요."

우리는 캔을 부딪히고 남아 있는 맥주를 모두 마셨다.

"형수님, 많이 불편하시겠어요."

"처음엔 그랬지. 사실 지금도 많이 불편해하는데, 조금씩 적응해 가고 있어."

"전의 연애와 달라진 점이 있어요?"

"있지. 일단 가장 큰 건 매일 붙어 살다가 갑자기 떨어져 지내니까 혼자 지내는 게 어색해. 평일에 퇴근하고 집에 혼자 있는 게 이렇게 쓸쓸한 일인지 몰랐어. 그리고 같이 걸을 때 걷는 속도가 많이 느려져서 어디론가 이동하는 시간이 상당히 길어졌어. 적어도 두 배 정도는 더 걸리는 것 같아.

카페 같은 곳에 앉으면 늘 마주 보고 앉았었는데, 요즘엔 나란히 앉아. 나를 만지고 있어야 안심이 된대. 영화를 보거나 게임을 하거나 볼링을 치는 건 못 하게 됐지. 대신 맛집이랑 노래방은 자주 가. 요즘 들어 맛있는 걸 더 먹고 싶어 해. 미각은 멀쩡하다 못해 더 트인 것 같아. 왜냐하면 다른 것들을 즐기지 못하니까 음식으로 만족감을 채워야 하거든. 이건 선아가 직접 말해 준 거야.

그리고 무엇보다…… 장애인에 대한 편견이 사라졌어.

그전에는 막연한 편견을 가지고 있었거든. 부끄럽지만 이런 생각도 했어. 장애인의 삶은 불행하기 때문에 우리가 배려하고 연민의 마음으로 바라봐 줘야 한다고. 그런데 꼭 그런 것만은 아니더라고. 불편한 건 사실이지만, 불행한 건 사실이 아니야. 불행할 수도 있고 행복할 수도 있어. 다른 비장애인들처럼 말이야. 그런데 사람들의 시선은 그렇지 않은 것 같아. 장애인의 삶은 불행하다고 나름대로 단정을 짓고 동정 어린 시선을 보내는 거지. 그런 것들을 겪으면서 과거의 자신을 반성하는 중이야."

나는 며칠 전에 있었던 호두과자 사건을 떠올리며 열변을 토했다. 평소에 내가 어떤 생각을 하며 살아가고 있었는지 나 스스로도 잘 몰랐었는데, 이렇게 그의 앞에서 이야기를 쏟아 내다 보니 내가 무슨 생각을 하고 있었는지 깨달았다. 사람은 종종 스스로 뱉은 말을 통해 자신의 생각을 확인하곤 한다.

그렇게 나는 윤조와 깊은 이야기를 나누고 밤 아홉 시가 넘어서야 돗자리를 개고 공원을 빠져나왔다.

늦은 시간임에도 아직까지 많은 사람들이 공원에 남아 있었다. 남은 사람들의 머릿수만큼 못 다한 이야기들이 밤의 강변을 따라 흐르고 있었다.

✳

전철역으로 윤조를 배웅하고 나는 버스를 탔다.

20분 정도 걸려서 집 앞 큰 사거리에 내렸다.

나는 그대로 집에 들어가기 아쉬웠다. 선아는 일찍 잠에 든다고 미리 연락을 준 상태여서, 통화를 하고 싶다고 그녀를 깨울 순 없는 노릇이었다.

나는 결국 집으로 들어가기 전에 취기가 모두 사라질 때까지 동네를 산책하기로 했다.

선아와 함께 집을 고를 때 이 동네를 고른 가장 큰 이유 중 하나는 차가 많이 다니지 않고, 번화가가 없는 주택 단지였기 때문에 다른 곳보다 상대적으로 조용하다는 점이었다.

뒤쪽엔 커다란 산이 하나 있어서 향긋한 풀 냄새가 풍겨 왔고, 동네 한가운데엔 비록 작지만 내천이 흐르고 있었다. 밤늦게까지 시끄럽게 떠드는 취객이나, 오토바이를 끌고 다니는 불량배들도 없었다. 그렇다고 직장이나 한강 같은 곳과도 멀지 않았다.

나는 이 모든 점들이 마음에 들었다. 터가 좋아서 월세가 조금 비싸긴 했지만, 선아와 함께 충당했기 때문에 크게 부담이 되진 않았다.

작년 11월부터 선아와 따로 살기 시작했어도 그녀는 꿋꿋이 월세의 반을 부담했다. 지금은 일을 하고 있지 않아 수입이 없어서 그동안 모은 돈들을 조금씩 빼내어 충당하고 있다.

"내가 곁에 있지 못해서 미안한데, 월세까지 전부 오빠가 내면 더 미안해질 것 같아."

라고 선아는 말했다.

나는 그녀의 마음을 존중해 주기로 했다.

이어폰을 꽂고 노래를 들으며 동네를 계속 걸었다. 중간에 출출해져서 아이스크림 할인점에 들어가 초코 아이스크림을 사서 먹으며 걸었다.

나는 그렇게 정처 없이 걷다가 문득 한 번도 걸어 보지 못한 길을 걸어 보고 싶다는 생각이 들었다. 비록 작은 동네지만 그래도 한 번도 걸어 보지 못한 길이 있지 않을까 하는 궁금증에서 시작된 이 게임은, 생각보다 오래 걸렸고 결국 30분이 넘도록 끝나지 않았다.

정말 신기하게도, 모두 걸어 본 길이었다.

그리고 전부 선아와 함께 걸었던 길이었다.

골목길, 아파트의 주차장과 놀이터, 공원, 내천. 모든 곳을 구석구석 부지런히 돌아다녔지만 그 어디에도 새로운 길은 없었다. 산책을 너무 좋아했던 나와 선아는 이미 모든 길을 걸어 버린 것이었다.

나는 이만하면 충분했다고 생각해 집으로 발걸음을 돌렸다.

나는 이어폰에서 흘러나오는 노래를 들으며 걷다가,

며칠 전 선아가 말해 준 봄의 목소리에 관한 이야기가 떠올랐다.

나는 귀에서 이어폰을 뺐다.

주변 소리를, 봄의 목소리를 들으며 걸어 보기로 했다.

어느 가정집에서 흘러나오는 가족들의 웃음소리가 들렸다.

골목길을 빠져나가는 차의 소리가 들렸다.

내천과 가까워 질수록 물 흐르는 소리가 들렸다.

바람에 흔들리는 나뭇잎 소리가 들렸다.

풀벌레 소리가 들렸다.

어느새 집 앞에 도착했다.

나는 건물로 들어가기 전에 밤하늘을 올려다보았다.

하현달이 떠 있었고, 듬성듬성 떠 있는 별이 보였다.

나는 살며시 눈을 감았다.

봄의 목소리를 들었다.

Blind
For
Love

청록색.

앨범을 떠올릴 때 가장 먼저 생각나는 단어는 청록색이다.

필름 카메라로 찍은 사진들을 인화해 모아 놓은 그 청록색 앨범들엔 주로 유년 시절 나의 사진이 담겨 있었다. 그리고 종종 엄마나 외할머니와 함께 찍은 사진들도 있었다.

사진 속에 혼자 있는 나는 대부분 엄마가 찍어 준 것이었다.

엄마와 함께 있는 사진은 외할머니가 찍어 준 것이고,

외할머니와 함께 있는 사진은 엄마가 찍어 준 것이었다.

아빠가 돌아가시고 나서 나는 늘 두 모녀와 붙어 다녔다. 나는 언제나 피사체에 속해 있었고, 두 여자는 돌아가며 사진작가의 역할을 수행했다.

엄마는 아빠의 죽음으로 인해 일종의 교훈을 얻은 것

처럼 보였다. 추억은 쌓을 수 있을 때 많이 쌓아 둬야 한
다는 것. 만약 상대가 먼저 곁을 떠나게 된다면, 홀로 남게
된 자신의 옆에 놓인 '추억이 될 수 있었던 그 무엇'들이
질량을 가진 물체가 되어 자신을 짓누르게 된다는 것을.
그녀는 깨달은 것처럼 보였다.

그래서 나는 유년 시절의 흔적이 차고 넘친다. 두께가
새끼손가락 길이만 한 청록색 사진 앨범이 다섯 권이 넘
도록 있으니 말이다. 학창 시절 나는 책상에 앉아 공부를
하다가, 나의 왼쪽 발밑에 꽂혀 있는 앨범을 발가락 끝으
로 툭툭 건드리곤 했다. 앨범을 하도 많이 펼쳐 봐서, 그렇
게 발끝으로 건드리는 것만으로도 나는 유년 시절의 송원
호로 도망칠 수 있었다.

앨범 속의 나는 중간고사나 대학 입시에 대한 개념조차
알지 못했던 송원호였다. 여자 친구도 없었고, 돈을 벌어야
먹고살 수 있다는 의무감도 없었다. 그런 건 모두 어른들의
영역이었고 나와는 전혀 무관한 일처럼 느껴졌었다.

그 시절 나에게 중요했던 것은 엄마와 외할머니, 그리
고 유치원 단짝 석현이와 저녁 여섯 시에 공중파 채널에
서 방송하는 애니메이션이 전부였다.

그중에서도 나는 특히 엄마를 가장 중요하게 여겼다.

그녀를 사랑하는 것은 물론, 아빠의 빈자리를 내가 대

신 채워 줘야겠다는 주제넘은 귀여운 생각까지 하게 되었는데, 지금 생각해 보면 아빠를 잃은 나의 슬픔보다, 남편을 잃은 엄마의 슬픔의 크기가 훨씬 크다고 판단했었던 것 같다. 그 당시에 나는 무게를 잴 수 없는 물건인 슬픔에 무게를 단 다음, 덜 슬픈 사람이 더 슬픈 사람을 위로해 주고 책임져야 한다는, 어디서도 배운 적 없는 개념을 어린 나이부터 실천하고 있었다.

나는 지금도 종종 엄마의 노년을 걱정한다. 정확히는 '혼자'인 엄마의 노년을 걱정한다. 남편을 일찍이 떠나보내고, 자식이라곤 무뚝뚝한 아들 한 명뿐인 상황에서 내가 채우지 못하는 그녀의 빈자리가 있다고 나는 생각했다. 그래서 나는 성인이 되자마자 엄마에게 말했다.

"나는 엄마가 다시 사랑을 했으면 좋겠어. 나도 이제 성인이고, 내 눈치 볼 필요 없으니까."

"이미 하고 있는걸."

"남자 친구 생겼어?"

나는 놀람과 동시에 기대를 품으며 물었다. 그러나 엄마는 고개를 가로저으며 천연덕스러운 표정을 지었다. 나는 실망했다.

"꼭 상대가 있어야 되니?"

엄마가 웃으며 말했다.

"사랑은 꼭 대상이 있어야 할 수 있는 게 아니야. 사랑은 태도의 한 종류야. 그래서 사실 사랑은 하는 게 아니라, 사랑으로 존재하는 거지."

"그게 무슨 말이야?"

"음 그러니까……."

그녀는 눈동자를 위로 치켜들며 뜸을 들였다.

"어떤 회사에서 한 커플이 비밀 연애를 한다고 치자. 그 커플은 본인들이 철저히 비밀을 유지하고 있다고 생각하겠지만, 두 사람 빼고 나머지 모두는 둘의 연애를 알고 있어. 왜냐하면 사랑은 숨길래야 숨길 수가 없는 녀석이니까. 눈빛으로, 행동으로, 말투로, 미소로 전부 드러나게 생겨 먹은 녀석이니까. 그 둘은 사랑에 빠지기 전과는 전혀 다른 사람으로 다시 태어난 거야. 서로를 사랑하기도 하지만, 사실 더 중요한 사실은 그로 인해서 자신들의 삶을 통째로 사랑하게 되었다는 거지. 그래서 어떻게 보면 그들은 사랑을 하는 게 아니라 사랑이 '된' 거야.

정말 신기한 점은, 사람이 사랑이 되는 일은 언제 어디서나 할 수 있다는 점이지. 나처럼 애인이 없어도 아침에 눈을 떴을 때 문득 오늘 하루가 너무 사랑스럽게 느껴질 수도 있다는 거야."

"……엄마는 지금 사랑이 된 거야?"

"그럼. 주님의 사랑을 실천하고 있지."

엄마가 말했다.

"나도 사랑이 될 수 있을까?"

나의 물음에 그녀는 아무 말 없이 미소를 지었다.

✳

선아의 생일 전날.

우리는 아침 일찍 놀이공원으로 출발하기 위해 금요일 밤을 함께 보냈다.

생일에 어디를 가고 싶냐고 묻자 선아는 망설임 없이 놀이공원이라 답했다. 연인들의 데이트 필수 코스인 놀이공원을 그녀와 한 번도 가 본 적이 없었다. 선아의 직업 특성상 주로 평일에 쉬고 주말을 모두 출근했었기 때문에 나와 쉬는 날이 겹치는 일이 드물었고, 무엇보다 그녀가 놀이 기구를 무서워했기 때문이다.

"우리 한 번도 안 가 봤잖아. 그리고 지금은 어떤 놀이 기구를 타도 안 무서울 거 같아."

라고 선아는 말했다.

거실 테이블 위엔 선아에게 줄 생일 선물이 올려져 있었다. 앞이 안 보이는 그녀 앞에서 굳이 숨길 필요가 없었기 때문에 나는 대담하게 올려놓았다.

자정이 되었다. 나는 방에 있는 선아를 거실로 불렀다.

"왜 불러?"

"왜긴 왜야."

나는 선물이 담긴 상자를 건네며 말했다.

"생일 축하해."

"열두 시 지났구나. 고마워 오빠."

선아는 내가 건넨 선물 상자를 열어 보았다. 상자에 거추장스러운 포장은 하지 않았다. 그녀가 열어 보는 데 불편하지 않도록.

"어, 진짜 필름 카메라네."

선아는 상자 안에 담긴 물건들을 만지작거리며 말했다. 나는 그녀가 물건을 집을 때마다 하나하나 설명해 주었다. 상자 안엔 필름 카메라와 사진을 담을 앨범, 그리고

"이건 뭐야?"

"시계. 시각 장애인용 손목시계야."

손목시계가 담겨 있었다. 나는 선아의 손목에 시계를 차주고 사용법을 알려 주었다. 측면과 정면에 박힌 구슬의 움직임으로 시간을 알 수 있는 시각 장애인을 위한 손목시계였다.

"네가 맨날 나한테 시간을 물어보길래. 핸드폰으로 확인하기 귀찮아하는 것 같아서 선물했어."

"고마워. 잘 차고 다닐게."

선아는 손목을 들어 보였다.

"어때, 예뻐?"

"응. 예뻐."

내가 말했다.

"그리고 하나 더 있어."

나는 작은 상자를 꺼내 선아에게 건넸다. 선아는 상자를 열어 보았다.

"반지네."

선아는 반지를 약지에 끼며 말했다.

"그냥 반지가 아니야. 영어가 쓰여 있어."

"뭐라고?"

"Blind For Love."

"블라인드 포 러브…… 무슨 뜻이야?"

"사랑에 눈이 멀다."

나의 말에 선아는 쑥스러운지 멋쩍게 웃었다. 그리고 필름 카메라를 들어 올리며 화제를 전환했다.

"우리 이걸로 사진 한 장 찍을까?"

"그래 좋아."

나도 그녀를 따라 필름 카메라를 집어 들었다. 선아의 부탁대로 나의 카메라도 함께 샀다.

"내가 먼저 찍을게."

내가 말했다. 선아는 손목에 찬 시계를 얼굴 옆으로 올리고 손가락으로 브이를 만들며 웃었다.

찰칵.

"이제 내 차례."

선아가 카메라를 들어 올리며 말했다. 나는 그녀와 똑같은 포즈를 취했다. 선아는 나의 몸을 더듬거렸다. 사진의 구도를 잡기 위해 나의 위치를 확인하는 것이었다.

"하나 둘 셋."

찰칵.

"잘 나왔겠지?"

선아가 말했다.

"잘 나왔을 거야. 나중에 인화해서 앨범에 넣자."

"바로 확인 못 해서 답답한데, 설레기도 해."

"그게 바로 필름 카메라 감성이지."

"오빠는 이 사진에 뭐라고 이름 붙일 거야?"

"음…… 선물 받고 신난 선아."

"그럼 나는 선물 주고 신난 원호라고 적어야지."

우리는 한 손에 카메라를 든 채로 낄낄거렸다.

＊

주말의 놀이공원은 예상대로 사람들이 붐볐다.

인기가 많은 놀이 기구를 타려면 두 시간이 넘도록 줄

을 서야만 했다. 그래서 우리는 놀이기구를 타는 것보다 필름 카메라로 서로를 찍어 주며 시간을 보냈다. 나는 선아와 함께하는 놀이공원 데이트가 처음이어서 들떠 있었고, 그녀도 마찬가지였다.

선아는 하얀색 원피스에 연한 분홍색 카디건을 걸치고 있었다. 봄의 분위기와 어우러지게 한껏 꾸민 그녀는 수많은 인파 속에서도 한눈에 들어올 정도로 예뻤다.

놀이공원의 한 켠엔 활짝 피어오른 튤립밭이 펼쳐져 있었다. 나는 그곳에서 카메라 셔터를 부지런히 누르며 선아를 담아 냈다. 그녀는 자신이 어떻게 찍히고 있는지는 중요하지 않은 것처럼 과감하게 여러 포즈를 취했다. 나는 선아의 그런 자연스럽고 거리낌 없는 모습이 사랑스러웠다. 피사체의 밝은 에너지 덕분에 사진작가인 나도 덩달아 웃음이 나왔다. 그녀를 찍고 있는 순간만큼은 세상에 단둘만 존재하는 기분이었다.

오후 두 시쯤에 점심으로 덮밥을 먹었다.

우리는 외식을 할 때마다 여러 반찬을 집어 먹는 메뉴보단 숟가락으로 뜰 수 있는 한 그릇 음식을 선호했다. 선아가 반찬의 위치를 외우고 젓가락으로 음식을 집기 힘들어 했기 때문이다.

"놀이 기구를 못 타도 나는 재밌어. 오빠랑 꼭 한번 와 보고 싶었거든."

선아가 말했다.

"나도 그래."

"사람들 웃음소리랑 즐거운 비명 소리가 이곳저곳에서 들려오니까 에너지가 충전되는 기분이야. 이게 놀이공원의 매력인 것 같아. 놀이 기구를 타는 것도 재밌지만, 사람들이 즐거워하는 모습을 보면 나도 즐거워져."

"즐거움으로 가득한 곳이지."

"그래서 오고 싶었어. 한 번쯤은."

절망 없이 즐거움만 가득한 곳.

슬픔을 씻으러 오는 곳.

어쩌면 선아는 놀이 기구가 아니라, 즐거움으로 가득한 놀이공원의 공기를 원했던 게 아닐까 하는 생각이 들었다.

해가 조금씩 기울어 가고 있을 때, 카니발 퍼레이드가 시작되자 놀이공원 곳곳에 흩어져 있던 사람들이 모두 몰려들었다. 휘황찬란한 옷을 입은 외국인들이 현란한 춤을 추며 지나갔다. 나는 선아의 손을 잡고 퍼레이드를 구경했다.

"오빠. 이것도 카메라로 찍어 줘. 추억이잖아."

"그럴까?"

선아의 말에 나는 카메라를 꺼냈다. 그리고 사진을 제

대로 담아 내기 위해 인파를 뚫고 앞쪽으로 나와 퍼레이
드 사진을 몇 장 찍어 냈다. 그 때, 적극적으로 사진을 찍
는 나의 모습을 발견한 퍼레이드 직원이 춤을 추며 나에
게 다가와 함께 사진을 찍자고 제안했다. 나는 좋은 추억
이 될 것 같아 흔쾌히 수락하고 얼굴을 알록달록 색칠한
그와 함께 사진을 찍었다.

　나는 인파를 뚫고 다시 선아에게 돌아갔다. 퍼레이드
직원과 사진을 찍었다는 것을 그녀에게 자랑하고 싶었다.
그런데 있어야 할 자리에 선아가 없었다. 나는 고개를 쭉
빼 들고 두리번거리며 하얀색 원피스 위에 분홍색 카디건
을 입은 사람을 찾았다. 그러나 눈을 부릅뜨고 찾아도 없
었다.

　나는 선아에게 전화를 하려다가, 그녀의 핸드폰이 나
에게 있다는 것을 깨달았다. 선아의 옷에 주머니가 없어
서 나의 가방에 넣어 둔 것이었다.

　퍼레이드를 구경하는 수많은 사람들을 헤치고 나아가
며 나는 선아를 찾았다. 내가 사진을 찍는 사이에 그녀가
사람들의 물결에 휩쓸려 내려갔을 거라고 생각했다.

　심장이 빠르게 뛰고 호흡이 가빠지기 시작했다.

　그녀의 손을 놓쳤다는 불안감에, 그리고 나를 둘러싸
고 있는 콩나물시루 같은 사람들 때문에 공황 증상이 올

라오고 있었다. 그럴수록 나는 더욱 부지런히 사람들의 물결을 헤치며 앞으로 나아갔다. 선아는 저 앞에서 나를 기다리고 있을 거라고. 나는 단순 무식하게 생각했다.

15분이 흘렀다. 여전히 선아는 보이지 않았다. 어느새 퍼레이드 행렬은 끝이 보였고, 사람들은 뿔뿔이 흩어져 다시 놀이 기구를 타러 가기 시작했다. 나는 뒤돌아 왔던 길로 힘없이 돌아갔다.

그 때, 저 멀리 앞에 바람에 하늘거리는 하얀색 원피스가 보였다. 선아였다. 그녀는 우리가 처음 있었던 그곳에서 한 발짝도 떨어지지 않고 그대로 서 있었다. 나는 우두커니 홀로 서 있는 선아에게 달려갔다.

"선아야."

나는 선아의 한쪽 손을 잡고 허리를 숙여 숨을 골랐다. 쉬지 않고 뛰어다닌 탓에 지칠 대로 지쳐 있었다.

"어디 갔었어?"

선아가 떨리는 목소리로 말했다.

"네가…… 사람들한테 휩쓸린 줄 알고…… 저 멀리까지…… 찾아다녔어."

나는 가쁜 숨을 몰아 내쉬며 말했다.

"나는……." 그녀는 울먹거렸다. "나는…… 계속…… 계속 여기 있었어. 한 걸음도 움직이지 않았어."

"미안해."

나는 몸을 일으키며 말했다.

"내가 미안해. 많이 무서웠지."

"왜 바보같이 돌아다녔어."

선아는 나의 가슴팍을 주먹으로 치며 엉엉 울기 시작했다.

"내가 생각해도 바보 같아."

"그래도……."

선아가 눈물을 훔치며 말했다.

"믿고 있었어. 나를 찾을 거라고. 그냥 놀란 마음에 눈물이 난 것뿐이야."

나는 퍼레이드 직원과 사진을 찍은 것을 자랑하겠다는 생각은 새까맣게 잊어버렸다.

"다시는 이런 바보 같은 짓 하지 않을게."

나는 선아를 껴안으면서 말했다.

"생일 축하해."

✱

놀이공원의 폐장 시간보다 두 시간 일찍 나왔다.

아침부터 돌아다닌 탓에 몸이 천근만근이었다. 이렇게 녹초가 될 정도로 놀아 본 적은 정말 오랜만이었다.

우리는 집으로 돌아가는 전철을 기다리고 있었다. 선

아는 스크린 도어에 붙어 있는 점자를 손으로 읽더니 말했다.

"여기 8-2 맞지?"

"응. 맞아. 이제 점자는 잘 읽네."

"오빠. 그거 알아?"

선아가 말했다.

"나 다음 주에 장애인 등록 신청해."

"그래?"

"사고가 나고 6개월 뒤에 신청할 수 있다고 하더라고. 그 시간 동안 치료를 통해서 회복될 수도 있으니까. 그런데 나는 시력이 안 돌아왔잖아. 그래서 신청하려고."

"그렇구나."

"지금은…… 오히려 후련해. 받아들이기 힘들었던 적도 있었고, 슬픔에 잠겨 있던 적도 있었는데, 이제는 인정하고 받아들이려고."

선아가 말했다.

"나는 시각 장애인이야."

나는 어떤 반응을 보여야 할까 고민했다. 정식으로 장애인이 되는 것을 축하해 줘야 하는 걸까. 아니면 숙연해져야 하는 걸까. 그러나 중요한 것은 그게 아니라 선아가 자신을 있는 그대로 받아들였다는 것이었다. 나는 이 사실에 기뻐하기로 했다.

"그래서 그런데."

선아는 스크린 도어에 적힌 점자에 손가락을 올려놓으며 말했다.

"나 혼자서 지하철 타는 연습 해 보려고."

"혼자서?"

"5월에 현희가 결혼해. 그래서 다음 주 토요일에 브라이덜 샤워 해 주기로 했어. 파티 룸이 갈아탈 필요 없이 한 번에 갈 수 있는 곳이라 혼자서 갈 만해."

"위험하지 않을까?"

"그래서 그런데, 오빠가 뒤에서 지켜봐 줄 수 있어? 대신 최대한 지켜보기만 해 줘. 이건 내가 자립하기 위한 연습이니까. 오늘처럼 혼자 남겨져서 바보같이 엉엉 울지만은 않을 거야. 이젠 혼자서도 잘 돌아다니고 싶어."

곧이어 전철이 도착했고 우리는 올라탔다.

나는 선아와 이어폰을 한 쪽씩 나눠 꽂고 노래를 들으며 오늘 있었던 일을 돌이키며 수다를 떨었다. 내가 놀이기구를 타면서 소리를 꽥꽥 지르는 탓에 선아의 귀청이 떨어져 나간 일, 하루 종일 사진을 찍느라 필름 통을 여러 번 교체했던 일, 점심에 먹었던 덮밥의 퀄리티에 대한 이야기, 제자리에 얌전히 기다리고 있던 선아를 두고 바보같이 애먼 곳을 휘젓고 다녔던 일. 아침 일찍부터 부지런히 움직였던 탓에 하루가 길었고, 할 이야기가 많았다.

이야기를 하다 보니 어느새 도착했다. 나는 선아를 본가로 데려다주고 집으로 혼자 돌아갔다. 남은 시간을 그녀는 가족들과 함께 보내기로 했다.

나는 집에 들어오자마자 옷을 벗고 침대에 몸을 던졌다. 녹초가 된 몸에서 깊은 신음이 새어 나왔다.

나는 오늘 있었던 데이트를 되돌아보며 가방에서 필름 카메라를 꺼냈다. 그리고 이리저리 돌려 보며 만지작거렸다. 이 작고 네모난 물건 속에 인화되기만을 기다리는 선아의 사진이 담겨 있다는 사실이 새삼 신기하게 느껴졌다.

그래서 나도 모르게 중얼거렸다.

"이 안에 선아가 있어."

그리고 곯아떨어졌다.

★

며칠 뒤.

잠에 들기 위해 침대에 누워 있는데 선아에게 전화가 왔다.

"응, 선아야."

"오빠, 자?"

"이제 자려고 누웠어."

"내가 방금…… 어떤 꿈을 꿨는데, 꿈이 너무 무서워서……."

"무슨 꿈인데?"

"내가 오빠랑 같이 산책을 하고 있었어. 꿈속에서 나는 앞이 보이는 상태였고 아마 데이트 중이었던 것 같아. 그렇게 계속 걷고 있었는데 갑자기 나 혼자 뚜껑이 열려 있는 맨홀에 쑥 빠져 버린 거야. 맨홀은 엄청 깊었는데 꿈이어서 전혀 아프진 않았어. 그렇게 밑바닥에서 위를 올려다보는데 맨홀 구멍이 동전 크기만큼 작게 보이고 오빠가 나를 내려다보고 있는 게 보였어. 그런데…… 무표정으로 나를 내려다보고 있었어. 분명 멀리 있는 데도 꿈이라 그런지 잘 보였어. 구하려고도 하지 않고 멀뚱멀뚱 보고 있었어. 오빠. 이건 그냥 꿈이니까 기분 나빠하진 말아 줘.

아무튼, 내가 구해 달라고 소리쳤어. 그런데도 가만히 있는 거 있지. 그러더니 갑자기 맨홀 뚜껑이 조금씩 닫히기 시작했어. 개기 일식처럼 아주 천천히. 오빠가 뚜껑을 닫고 있는 건지, 아니면 다른 누군가가 닫고 있는 건지 그건 알 수 없었어. 중요한 건 뚜껑이 닫히고 있었다는 거야. 그리고 결국엔 완전히 닫혀 버렸고 나는 갇혔어. 그렇게 어둠과 추위 속에서 바들바들 떨다가 꿈에서 깼어."

"악몽이네."

"응. 완전."

"그래도 이런 말이 있잖아. 꿈은 현실이랑 반대라고. 앞으로 좋은 일이 있을 건가 봐."

내가 말했다.

"그런가."

"그래도 많이 무서웠겠다."

"왜 멀뚱멀뚱 쳐다보기만 하고 날 구하지 않은 거야?"

선아가 장난스러운 말투로 물었다.

"그러게. 송원호 진짜 못됐다. 그치?"

나는 그녀의 장난을 받아 주었다. 선아는 웃음을 터뜨렸고, 악몽의 여운이 조금은 가신 것처럼 보였다.

"왜 이런 꿈을 꾼 걸까?"

선아가 말했다.

"꿈은 항상 뒤죽박죽이잖아. 너무 의미 부여할 필요 없어."

내가 말했다.

우리는 더 이상 꿈에 대한 이야기는 하지 않았다. 선아는 화제를 돌려 다음 날 아침에 엄마와 함께 장애인 등록 신청을 하러 주민센터에 간다고 말했다. 나는 마땅히 해 줄 말이 없어서 잘 다녀오라고 말해 주었다. 그렇게 짧은 대화를 이어 가고 전화를 끊었다.

나는 다시 잠에 들기 위해 눈을 감았다.

그러나 좀처럼 잠이 오지 않았다. 선아에겐 굳이 의미 부여할 필요 없다고 말했지만, 꿈이 무의식의 축제라는 것을 잘 알고 있었던 나는 선아의 마음을 헤아릴 수밖에 없었다. 내가 모르고 있는, 그리고 그녀 스스로조차 모르고 있는 마음이 있지 않을까.

'내가 곁을 떠날까 봐 두려운 걸까.'

나는 그 문장을 떠올리고 곧바로 머릿속에서 지워 버렸다.

이런 식으로 깊이 파고들면 밑도 끝도 없이 이어져, 밤 잠을 설칠 것 같았기 때문이다.

★

선아는 시각 장애인이 되었다.

정확히는 '중증 시각 장애인'이었다.

시력을 완전히 손상하지 않은 저시력 장애인은 경증, 선아처럼 시력의 대부분을 상실한 장애인은 중증으로 분류했다. 신청을 하고 한 달이 채 안 돼서 장애인 등록증과 여러 혜택을 받을 수 있는 복지 카드를 발급받았다.

"기분이 묘해."

선아는 복지 카드를 만지작거리며 말했다.

"나라에서 인정해 준 장애인이 된 거잖아. 나는 솔직히 장애인이 특별한 사람인 줄 알았어. 안타까운 사람, 아니면 반대로 아픔을 극복하고 살아가는 대단한 사람이라고 생각했어.

그런데 아니야. 그냥 똑같은 사람이야. 다른 사람들처럼 똑같이 기뻐하기도 하고 슬퍼하기도 하고 시련이 오면 무너지고 힘들어 하기도 하는. 생각보다 그렇게 불행하지도 않고, 생각보다 그렇게 대단하지도 않아. 그냥 삶의 방식이 조금 다를 뿐이야."

＊

오늘은 선아의 친구이자 예비 신부인 현희의 브라이덜 샤워를 하러 가는 날이다. 결혼식 전, 신부 측 친구들끼리 모여 축하를 해 주는 파티였다.

나는 선아를 약속 장소까지 데려다주는 대신, 최대한 그녀 혼자의 힘으로 이동하게끔 도움을 주지 않기로 했다.

그래서 우리는 도착 예정 시간보다 훨씬 일찍 집에서 나왔다. 선아가 혼자의 힘으로 이동을 하려면 시간이 평소보다 두 배 이상은 들기 때문이었다.

집에서 전철역까지는 초행길이 아니었기 때문에 선아는 지팡이를 짚으며 무리 없이 천천히 나아갔다. 차 키처럼 생긴 음향 신호기를 이용해 횡단보도의 위치를 찾았고 음성 안내에 따라 도로를 건넜다. 선아는 한 걸음 한 걸음에 집중하고 있었고, 나는 방해가 되지 않게 몇 발짝 뒤에서 묵묵히 따라갔다.

선아는 바닥에 깔린 점자 블록을 따라가 전철역 안으로 들어갔다. 손잡이를 잡고 계단을 전부 내려온 그녀가 멈춰 서서 손잡이에 적힌 점자를 읽더니 말했다.

"여기 점자가 뒤집혀 있어."

선아의 말에 따르면 손잡이에 적힌 점자의 구조가 180도 돌아가 있어서, 제대로 읽으려면 벽을 뚫고 들어가 읽어야 한다는 것이었다.

"이러면 헷갈려서 어떻게 찾아."

선아는 불만을 표출하며 다시 걸었다.

그동안 수없이 이용했던 전철역이라 그런지 느리지만 정확한 방향으로 걸어갔다.

그때, 전철에서 내린 사람들이 우르르 개찰구로 빠져나왔다. 선아는 잠시 멈춰 서서 사람들이 모두 지나갈 때까지 기다렸다. 바쁘게 움직이는 사람들 속에서 선아는 지팡이를 짚고 외딴섬처럼 우두커니 서 있었다. 나는 부모의 심정으로 몇 발짝 뒤에서 소리 없이 그녀를 응원했다.

우여곡절 끝에 전철을 기다리는 스크린 도어 앞까지 왔다. 선아는 벽을 더듬으며 점자의 위치를 찾았다. 그런데 앞으로 걸어가며 하나씩 점자를 확인하던 그녀의 얼굴이 일그러졌다.

"3-4에서 타야 하는데, 점자가 안 보이네."

선아가 말했다. 나는 최대한 관여를 하지 않기 위해 뒤에서 지켜보다가, 3-4의 점자가 있어야 할 곳에 광고판이 있는 것을 발견했다. 점자는 광고판의 위쪽 모서리에 적혀 있었다. 나는 이 사실을 선아에게 말해 줘야 할 것 같아서 입을 열었다.

"광고판 때문에 점자가 모서리에 붙어 있어. 여기 3-4 맞아."

선아는 내가 알려 준 점자의 위치에 손가락을 가져다 댔다.

"짜증 나. 광고가 더 중요하다 이거지."

선아가 말했다.

시각 장애인에게 점자는 손끝으로 세상을 읽는 도구였다. 그런 점자가 이런 식으로 배치되어 있는 것을 선아가 아니었다면 나도 몰랐을 것이다. 이런 사소한 것들로 인해 정보를 잘못 받아들이거나, 애초에 정보를 받을 수조차 없다면 일상이 더 불편해질 수밖에 없었다. 짜증을 내는 그녀 옆에서 나도 덩달아 짜증이 났다.

전철이 도착하고 우리는 올라탔다.

노약자석에 앉은 어르신들이 지팡이를 짚고 있는 선아

를 보고 여기에 앉으라며 자리를 내어 주었다. 선아는 감사하다는 말과 함께 조심스럽게 자리에 앉았고, 나는 그녀 앞에 서 있었다.

"전철 타기 성공."

선아가 웃으며 올려다보았다.

"어때, 할 만해?"

내가 물었다.

"응. 조금 오래 걸리지만."

선아가 말했다.

"그것보다, 나 지금 무지 떨려."

"왜?"

"친구들은 지금 내 상황을 몰라. 아무한테도 말하지 않았거든. 오늘 처음 알려 주는 거야. 그래서 떨려. 어떤 반응이 나올지 몰라서."

지팡이의 손잡이를 만지작거리는 선아의 손이 그녀의 불안한 마음을 말해 주는 것 같았다.

"파티니까, 즐기고 와."

내가 말했다.

우리는 도착역에 내렸다.

행여 부딪힐까 내린 사람이 모두 계단 위로 올라갈 때까지 선아는 기다렸다가 천천히 올라갔다. 그리고 점자 블록을 따라 걸었다. 이곳은 초행이었기 때문에 나는 대략적인 길 안내를 도와주었다.

약속 시간보다 약간 일찍 도착했는데도 선아의 친구 몇 명은 이미 도착해 기다리고 있었다. 친구들은 오랜만에 본 선아가 반가워서 다가왔다가, 손에 들린 지팡이와 사시가 된 그녀의 눈을 보고 멈칫했다.

"안녕."

선아가 떨리는 목소리로 인사를 건넸다.

나는 선아의 친구들에게 인사를 하고 자리를 비켜 주었다.

그녀가 지금껏 하지 못했던 이야기들을 모두 털어 내기를.

그리고 파티를 마음껏 즐기고 오기를.

나는 소리 없이 응원했다.

★

브라이덜 샤워는 파티 룸에서 1박 2일 동안 치러졌다.

다음 날, 나는 선아를 데리러 다시 그곳을 찾았다. 친구들의 도움을 받아 내게 걸어오는 그녀의 표정은 어제보다 한층 밝아져 있었다.

"재밌었나 보네."

내가 말했다.

"응. 엄청."

"뭐 하면서 놀았어?"

"질리도록 수다 떨었지."

"무슨 이야기 했는데?"

"비밀."

선아가 의미심장한 미소를 지으며 말했다.

"여자들의 수다는 모르는 게 약이야."

"그렇게 말하니까 더 궁금한데."

"이건 말해 줄 수 있어."

선아가 말했다.

"나 어제 울었어."

"울었다고?"

"응. 친구들한테 실명이 되고 나서 너무 힘들어서, 실명된 사실을 말하기가 힘들었다고 말했어. 친구들의 기억속에 있는 나와 지금의 내가 너무 다르다는 생각이 들어서 자꾸 피하게 됐다고. 그런데 내 말을 가만히 듣고 있던 현희가 어떤 말을 했는데, 그 말 때문에 엄청 울었어."

"뭐라고 말했는데?"

그녀는 어제의 기억을 떠올리고 있는지 눈가가 글썽거렸다.

"선아는 영원히 선아야."

＊

우태로부터 연락이 왔다.

오랜만에 중학교 동창들과 만나 술을 한잔하기로 했는데, 나도 나올 수 있냐는 내용이었다. 우태를 제외하곤 오랫동안 보지 못했던 친구들이었기 때문에 나도 나가겠다고 답했다.

금요일 밤, 나는 퇴근을 하고 약속 장소로 향했다. 추가 근무를 한 탓에 약속 시간보다 한 시간 반 정도 늦게 도착했다. 장소는 번화가에 있는 한 주점이었는데, 여러 가지 안주가 푸짐하게 나오는 곳이라 식사와 음주를 한꺼번에 해결하려는 남자들이 좋아할 만한 곳이었다.

우태와 네 명의 친구들은 나보다 일찍 모여 술을 걸치고 있었다. 내가 도착했을 때 우태의 얼굴은 이미 벌겋게 달아올라 있었다.

"와 씨. 얼굴 까먹겠다. 송원호."

내가 인사를 하며 자리에 앉자 맞은편에 앉아 있는 민광이 말했다. 그는 왁스로 한껏 힘을 준 머리를 하고 있었다. 내가 왜 이렇게 머리를 넘겼냐고 물어보자, 옆에 있던 한 친구가 말했다.

"이 새끼 대표야, 대표."

그 말을 듣고 나는 민광의 치레를 다시 훑어보았다.

그의 왼손엔 고가 브랜드의 시계가 채워져 있었고, 걸치고 있는 카디건의 브랜드는 알 수 없었지만 아마도 고가일 것이라고 추측이 되었다. 그는 자신이 하는 일을 자세히 말해 줄 수 없지만, 주식 투자와 관련된 사무실을 차렸는데 생각보다 잘 풀려서 규모가 커졌다고 말해 주었다. 나는 나 자신이 초라해질까 봐 굳이 그에게 회사의 매출을 묻지는 않았다. 그러나 민광은 자신의 손목시계를 만지작거리며 저번 달에만 10억에 가까운 순이익을 얻었다고 넌지시 말했다.

오, 그렇구나. 라고 나는 답했다.

알고 싶지 않은 내용을 알아 버린 나는 열등감이 스멀스멀 피어올라 왔다. 나는 그래서 그가 불법적이거나 꼼수를 이용해 저렇게 많은 돈을 벌었을 거라고 내 멋대로 생각했다. 중학생 시절, 성적은 항상 뒤쪽에 머물러 있었고, 번번이 사고를 쳐서 교무실에 끌려갔던 민광의 과거를 떠올려 보면 그렇게 생각하는 것도 무리는 아니었다. 내 기억 속의 그는 한 기업의 대표와는 거리가 먼 사람이었다.

나는 이런 생각들이 스스로를 갉아먹는 부질없는 생각들이라는 것을 잘 알고 있었다. 그래서 나는 생각을 멈추고 내 앞에 놓인 술잔을 꺾고 안주를 몇 개 집어 먹으며 먼저 와 있던 친구들의 텐션을 따라가기로 했다.

그러다가 이상한 낌새를 느꼈다.

친구들의 표정과 말투가 어딘가 경직되어 있고, 심지어 맞은편에 앉은 민광은 대놓고 심각한 표정으로 나를 뚫어져라 쳐다보고 있는 것이었다. 나는 영문을 몰라서 상황이 파악될 때까지 가만히 있었다.

"들었어."

민광는 나의 잔에 술을 채우며 말했다.

"뭐를?"

내가 물었다. 그는 대답을 하기 전에 자신의 잔에도 술을 채우고 들어 올렸다. 나는 그와 잔을 부딪혔다.

"여자 친구 일."

먼저 술잔을 비운 민광이 말했다.

나는 그제야 지금의 분위기를 이해할 수 있었다. 우태가 말한 것이다. 내가 도착하기 전, 적당한 안줏거리로 나와 선아의 이야기를 우태가 친구들에게 말한 것이다. 나는 그렇게 생각하면서 우태를 쳐다보았다. 그는 나의 시선을 피했다.

꼭 비밀로 해 달라고 당부한 적은 없지만, 이런 민감한 이야기가 당사자인 내가 아닌 다른 사람의 입에서 먼저 나왔다는 점에서 나는 화가 났고, 믿고 있었던 우태에 대해 배신감을 느꼈다.

그러나 나는 굳이 그에게 따지고 들고 싶지 않았다. 나의 충동적인 감정으로 술자리의 분위기를 망치고 싶지 않았다.

"들었구나."

나는 감정을 억누르며 말했다.

그리고 더 이상의 말은 덧붙이지 않았다.

"야, 분위기 뭐야."

민광이 말했다.

"우리 원호 힘내라고 오늘 술값 내가 다 쏜다. 안주 마음껏 시켜."

민광은 그렇게 말하고 직원에게 메뉴판을 달라고 부탁했다. 친구들은 돌아가며 나에게 조용한 목소리로 힘내라고 말했다. 그리고 직원이 가져온 메뉴판을 펼쳐 안주를 고르기 시작했다.

나는 이 분위기가 마음에 들지 않았다.

내가 생각했던 것과는 전혀 다른 분위기로 흘러가고 있었다. 나는 오랜만에 만난 친구들과 학창 시절의 일들을 떠올리며 이야기를 나누고 싶었을 뿐이지, 이런 식으로 나를 안쓰럽게 바라봐 주길 원했던 게 아니었다. 나는 숙연해진 분위기가 빨리 지나가기를 바라며 술잔을 기울였다.

술기운이 올라오면서 우리는 많은 이야기를 나눴다.

계단을 내려가던 학생 주임의 가발이 벗겨져 학생들이 자지러지게 웃었던 일. 3학년 선배가 교실로 찾아와 민광을 데리고 나가 싸움을 걸었지만, 민광이 이겼던 일. 내가 1년 가까이 짝사랑했던 같은 반 여학생에게 고백했다가 차였던 일. 등등. 학창 시절의 추억은 수도꼭지처럼 틀면 나올 정도로 차고 넘쳤다.

친구들은 20분마다 담배를 피러 나갔다. 나를 제외하고 모두 흡연자였기 때문에 나는 혼자 자리에 남아 있기 뻘쭘해서 따라 나갔다.

술병과 안주가 가득 올려진 탁상 위에선 주로 과거의 추억을 회상하며 왁자지껄 떠들었고, 밖으로 나가 담배를 피울 땐 자못 진지한 표정을 지으며 지금은 어떻게 지내는 지, 먹고살 만한지, 앞으로의 계획은 어떻게 되는지, 여자 친구는 있는지, 있다면 결혼을 할 건지에 관한 현실적인 이야기를 나누었다. 마치 온탕과 냉탕을 들락거리는 기분이었다.

그 과정에서 나는 오랫동안 끊었던 담배를 다시 입에 댔다. 우태가 건넨 담배를 덥석 물어 버린 것이다. 만약 선아가 알게 되면 불같이 화를 낼 거라고 나는 생각했다. 그녀와 연애를 하기 시작하고 온갖 방법을 동원해 끊었던 담배인데, 이렇게 한순간의 유혹에 넘어가 버렸으니 말이다.

시간이 꽤 흘렀고, 나는 취기가 올라온 상태로 주위를 둘러보았다. 친구 녀석들도 나처럼, 혹은 그 이상으로 취해 있는 것 같았다. 나는 배신감을 느꼈던 우태에 대한 마음도 어느 정도 누그러져 있었다. 나는 혼자서 속으로 화를 냈고 속으로 용서했다. 우태는 이런 나의 속을 전혀 모르고 있을 것이다.

"그런데 있잖아."

한 친구가 나를 바라보며 말했다.

"앞이 안 보이면 많이 불편하지 않아?"

그는 조심스럽고 진지하게 물었다.

"불편하지. 처음엔 정말 불편해했어. 사실 지금도 불편한 점은 많아. 그래도 조금씩 익숙해지고 있어."

그의 질문을 시작으로 대화는 선아에 대한 이야기로 흘러갔다. 친구들은 시각 장애인에 대해서 궁금한 게 한두 가지가 아니었다. 마치 술자리 내내 궁금했던 걸 참고 있었던 것 같았다. 나는 최대한 친절하게, 그러나 선아의 프라이버시를 지켜 가면서 그들에게 설명해 주었다. 답변하는 나를 바라보는 그들은 나를 대단하다는 듯이, 그리고 안쓰럽다는 듯한 눈빛으로 바라보았다. 그들의 속마음을 정확히 알 순 없지만, 나는 그렇게 느꼈다.

"그러면 청각도 많이 발달했겠네."

한 친구가 말했다.

"발달한 건 아니고, 그냥 더 예민해졌어. 시각에 쏠릴 신경이 청각으로 쏠려서 약간 더 잘 느낄 뿐이야."

내가 말했다.

"더 잘 느낀다고?"

민광이 말했다.

"응."

"그러네, 더 잘 느끼겠다."

민광은 음흉한 웃음을 지으며 나를 바라보았다. 그리고 옆에 앉은 친구에게 시선을 돌려 눈빛을 교환했다. 그러자 친구가 민광의 어깨를 툭 밀치면서 멋쩍게 웃었다. 민광은 조용히 낄낄거리며 안주를 집어 먹었다. 나는 그가 내뱉은 말과 웃음의 의미를 해석하지 못했다가 한 템포 뒤에 그 뜻을 눈치챘다.

민광은 자기 나름대로 성적인 농담을 던진 것이었다.

나는 그 농담을 곧바로 이해하지 못했고, 그래서 옆에 앉은 친구에게 눈빛을 돌린 것이었다. 나는 그 짧은 순간에 벌어진 미묘한 사건을 포착했다. 아마 조금 더 취했더라면 놓쳤을 법한 농담이었다.

민광의 농담을 들은 사람은 나와 그 친구밖에 없는 것 같았다. 대화는 어느새 자연스럽게 요즘 떠오르는 주식 종목에 관한 이야기로 넘어갔다. 그러나 나는 그 대화에 끼지 못했다. 나의 귓바퀴엔 민광이 내뱉은 농담이 계속해서 제자리를 맴돌고 있었다.

나는 문득 선아의 친구들이 떠올랐다.

위로가 되는 말을 건네준 그녀의 친구들에 비해, 나의 친구들은 이런 저급한 농담이나 던지고 있다는 사실이 비참하게 느껴졌다.

나는 고개를 들어 민광의 얼굴을 노려보았다.

그는 자기 자신의 전문 분야인 주식 종목에 관한 이야기가 나와서 그런지 열변을 토하고 있었다. 친구들은 모두 그의 말에 귀를 기울이고 있었고, 나는 전혀 듣고 있지 않았다. 오직 한 문장의 농담만이 내 귀에서 맴돌고 있을 뿐이었다.

나는 자리에서 벌떡 일어나 민광의 얼굴을 주먹으로 쳤다. 그러자 그는 뒤로 자빠져 넘어졌고, 금방 다시 몸을 일으켰다. 그리고 내 쪽으로 걸어와 나의 얼굴을 쳤다.

순식간에 주먹이 오고 갔다.

친구들은 갑작스럽게 벌어진 싸움을 말리느라 정신이 없었다.

✱

　정신을 차렸을 땐, 내 앞에 경찰관이 앉아 있었고 나는 진술서를 쓰고 있었다.

　친구들은 집으로 돌아갔고, 나와 민광은 근처 지구대로 끌려왔다. 나는 진술서를 쓰면서 민광을 흘깃거렸다. 그의 왼쪽 광대에 흐릿한 멍이 들어 있었다.

　"한 분이 먼저 때리시긴 했지만."

　경찰관이 말했다.

　"그래도 쌍방 폭행이니, 두 분 다 형사 처분을 받기 싫으시면 합의 보시는 게 나을 겁니다."

　"쟤가 먼저 때렸는데요?"

　민광은 나를 가리키며 말했다.

　"그래도 같이 때리셔서 쌍방 폭행입니다. 대신 먼저 맞으신 분이 더 많이 다치셨으니 적절한 합의금을 요구하시면 됩니다."

　그 때, 지구대의 문을 열고 한 사람이 들어왔다. 그녀는 곧장 민광에게 다가가 얼굴을 쓰다듬으며 말했다.

　"내 새끼 얼굴 왜 이래. 누가 때렸어."

　민광의 여자 친구인 듯했다. 술에 잔뜩 취해 있는 걸 보니, 근처에서 술을 마시다가 민광의 연락을 받고 달려온 것 같았다. 나의 눈에 들어온 것은 진한 화장과 매고 있는 명품 가방이었다.

"저 새끼야?"

여자는 나를 바라보며 말했다. 그리고 나에게 뚜벅뚜벅 걸어와 명품 가방으로 나를 내리치려는 시늉을 했다.

"아오. 경찰서라 때릴 수도 없고."

"자기야. 참아."

민광은 멀찍이 앉아 실실 웃으며 말했다. 마치 재미있는 구경을 하는 것처럼 보였다.

"별 그지 같은 게. 야, 너 돈 많아? 그래서 때린 거야? 얼마 있는데?"

여자는 명품 가방을 들어 올린 채로 비틀거리며 말했다. 그러나 실제로 내려치진 않았다. 나는 그녀가 내뱉는 모욕적이고 동시에 유치한 문장들을 묵묵히 듣고 있었다. 경찰관은 그녀를 진정시키며 의자에 앉혔다.

"불쌍한 애야. 그만해."

민광이 말했다.

그는 이 모든 장면들이 재미있는지 웃음을 멈추지 못했다.

진술 과정을 마치고, 나는 민광과 합의를 보기로 했다.

그가 병원 진료서를 가져오는 대로 나는 합의금을 지불하기로 했다.

나는 경찰관들에게 인사를 하고 지구대를 나왔다.

길을 걷는데 갑자기 장대비가 쏟아졌다. 편의점에서 우산을 살 수 있었지만, 그냥 비를 맞으며 걸었다. 전철에 올라타자 사람들의 시선이 모두 나를 향했다. 온몸이 비에 젖은 나는 영락없이 물에 빠진 생쥐 같았다.

사람들의 시선은 개의치 않았다.

나는 단지 빨리 집에 가고 싶을 뿐이었다.

★

집으로 돌아와 선아에게 전화를 걸었다.

"친구들이랑 재밌게 놀았어?"

선아가 물었다.

"응. 재밌었어."

내가 말했다.

"나 말고 친구들도 자주 만나. 맨날 나만 만나니까 내가 미안하잖아."

선아의 목소리를 듣고 있으니 나도 모르게 울음이 터졌다. 선아는 이유를 물었고, 나는 술기운에 보고 싶은 마음에 눈물이 터져 나왔다고 말했다.

오늘 있었던 일은 그녀에게 비밀로 했다.

"눈물이 나올 정도로 내가 보고 싶은 거야?"

"응. 엄청."

"감동인데."

"자는데 깨워서 미안해."

"아니야. 안 자고 있었어."

"잘 자고 내일 봐."

"응. 오빠."

"사랑해."

"나도. 사랑해."

나는 전화를 끊고 나서도 한참을 울었다.

여름

사랑이
되었나

현상소에서 필름을 인화했다.

그동안 갈아 끼운 필름의 개수만큼 사진의 양도 많았다. 과장을 조금 보태면 들고 다니기 무거울 정도였다. 틈만 나면 신나게 셔터를 눌러 댄 탓이었다.

선아는 필름값이 아깝지 않다고 말했다. 그녀는 앨범으로 책꽂이를 가득 채우고야 말겠다는 기분 좋은 꿍꿍이를 품고 있었다.

우리는 거실에 앉아 사진을 한 장씩 확인하며 앨범에 붙였다. 나는 선아가 찍은 사진들을 확인하다가 웃음이 터지고 말았다.

"왜 웃어?"

선아가 물었다.

"네가 찍은 사진들이 너무 웃겨서."

"어떤데?"

"이건 내 이마만 나왔고, 이건 얼굴이 세로로 반쪽만

찍혀 있어."

"내가 그렇게 찍었다고?"

선아는 입술을 삐죽 내밀며 말했다.

"나름 잘 찍으려고 노력한 건데……."

"난 마음에 드는걸."

나는 그녀의 어깨를 감싸 안으며 말했다.

"네가 말했잖아. 사진이 잘 나오고 못 나오고는 중요하지 않다고. 카메라를 잡는 사람의 시선이 더 소중하다고. 나는 이제 그 말이 무슨 뜻인지 알 것 같아."

우리는 앨범에 사진을 붙이고 바로 밑에 짧은 코멘트를 점자로 남기기로 했다. 내가 사진의 내용을 선아에게 자세하게 설명해 주면, 그녀가 설명을 바탕으로 상상해 내어 사진에 제목을 붙였다.

"이건 아까 말한 거. 내 얼굴이 반쪽만 찍힌 사진이야."

나의 설명에 선아는 고개를 끄덕이고 점자를 찍기 시작했다. 그녀가 글을 쓰는 동안 나는 다른 사진들을 앨범에 붙였다. 잠시 후, 선아는 다 썼다는 신호로 나의 어깨를 톡톡 치고 한껏 기지개를 켰다. 나는 그녀가 쓴 점자를 오려서 앨범에 붙였다.

"뭐라고 쓴 거야?"

"오빠가 읽어 봐."

나는 점자표를 번갈아 확인해 가며 선아가 쓴 점자를

읽었다.

그녀는 이렇게 썼다.

'나의 반쪽의 반쪽.'

✳

봄은 우리를 스치듯 지나가고, 여름은 우리 곁에 진득하게 눌러앉는다. 은인은 우리 곁에 오래 있지 않고, 꼴도 보기 싫은 원수는 자주 마주치게 되는 것처럼.

봄과 여름이 그렇다.

초여름의 더위는 구석에 잠들어 있던 선풍기의 잠을 깨웠다. 나는 선풍기의 커버를 벗기고 먼지를 털어 낸 후 침대 맡에 두고 반나절 동안 틀어 놓았다.

선아는 오랜만에 마주한 선풍기가 반가웠는지 그 앞에 앉아 오래도록 자리를 지키고 있었다. 그녀의 머리카락이 인공 바람에 하늘거리는 모습을 바라보며 나는 멍을 때렸다.

"오빠."

선아는 선풍기에 얼굴을 맞대고 있는 채로 나를 불렀다.

"응."

"담배 샀지."

나는 흠칫했다. 한 달 전쯤부터 친구들과의 술자리에

서 몇 번씩 담배를 얻어 핀 이후로 나는 끊었던 담배를 다시 피기 시작했다. 어떻게 알았지. 라는 생각이 먼저 들었지만 나는 태연한 척하며 둘러대기로 했다.

"안 샀는데. 갑자기 웬 담배."

"뽀뽀할 때마다 냄새나. 옷에서도 나고."

나는 머쓱해졌다. 들키지 않기 위해 구강 스프레이까지 뿌렸던 노력들이 물거품이 되는 순간이었다.

"……미안."

나는 시인했다. 나의 흡연 습관을 청산하기 위해 과거 그녀가 들였던 노력들이 떠올라서 나는 더욱 미안해졌다.

"괜찮아."

그러나 돌아온 답은 뜻밖이었다. 그녀는 선풍기 머리 앞에서 얼굴을 떼지 않고 말을 이었다.

"힘들어서 그런 거잖아."

나는 아무 말도 하지 못했다. 울컥해진 마음을 감추고 침대에서 내려온 나는 뒤에서 그녀를 끌어안았다.

"당장 버릴게."

내가 말했다.

"아니야. 이번에 산 거까지만 피워."

아무렇지도 않다는 듯이 말하는 그녀가 낯설게 느껴졌다. 담배는 언제 버려도 아깝지 않다고, 오히려 빨리 버릴수록 좋다고 입이 닳도록 말했었던 선아가, 내 눈앞에 있는 사람과 같은 인물인지 헷갈릴 정도였다.

선아는 선심을 베풀었지만, 나는 담배를 버리기로 했다.

나는 자리에서 일어나 가방에 숨겨 놓은 담뱃갑을 꺼내 반으로 부러뜨린 다음 쓰레기통에 버렸다. 그리고 눈에 보이지 않을 정도로 다시 한 번 깊숙이 눌러 넣었다.

★

선아는 화장대 앞에 앉아 화장을 하고 있다.

아직은 많이 느리지만, 컨실러를 틴트로 착각해서 발랐던 전보다는 훨씬 능숙해졌다.

나는 깨끗이 씻고 나와 머리를 손질하고 옷장에서 재킷과 슬랙스를 꺼내어 입었다. 그리고 거울 앞에 서서 옷매무새를 다듬었다.

"나 어때?"

선아가 말했다. 화장이 잘되었는지 묻는 것이었다. 나는 눈화장이 약간 비대칭인 느낌이라고 말해 주었고 그녀는 다시 화장을 고치기 시작했다.

나는 작년에 선아에게 생일 선물로 받은 향수를 뿌렸다. 1년에 몇 번 없는, 특별한 날에만 뿌리는 향수였다.

오늘은 현희의 결혼식이 있는 날이었다.

그녀는 선아의 고등학교 동창으로, 걱정거리가 생기면 고민 없이 서로에게 전화를 거는 둘은 절친한 사이였다. 현희는 어린이집 보육 교사로 일하고 있었고, 남편이 될 사람인 장효는 군인 장교였다.

결혼식장으로 가는 전철 안에서 선아는 속삭이듯이 말했다.

"왜 내가 다 떨리지."

"절친 결혼식이잖아. 떨릴 만하지."

나는 그녀의 손 위에 내 손을 포개며 말했다.

"마치…… 내 결혼식 같아."

선아는 지팡이를 챙기지 않고 나에게 의지했다. 무슨 이유인지는 모르겠지만, 그녀는 전날부터 지팡이를 가져가지 않겠다고 선언했다. 사람들의 시선이 신부가 아닌 자신에게 몰리는 것을 우려한 게 아닐까, 하고 나는 짐작했다.

결혼식장에 도착하자마자 우리는 신부 측 부모님께 인사를 드렸다. 그리고 신부 대기실에 있는 현희의 곁으로 선아를 데려다주었다. 자신의 절친을 발견한 현희는 드레스 차림인 것을 잊은 것처럼 달려와 선아를 와락 껴안았다.

"웨딩드레스 봐야 하는데."

현희의 진한 포옹 속에서 선아가 말했다. 브라이덜 샤워를 했던 한 달 전부터, 결혼식 당일인 오늘까지 선아는 친구의 웨딩드레스를 두 눈으로 보지 못한다는 사실에 대해 아쉬워하고 또 아쉬워했다. 그런 그녀의 마음을 읽었는지 현희는 자신이 입고 있는 웨딩드레스를 만지게 해 주었다. 행여 손때가 탈까 선아는 조심스러운 손길로 드레스를 더듬거렸다.

"예쁘겠다. 안 봐도 알겠어."

나는 그 모습을 흐뭇하게 바라보았다. 그 때, 신랑인 장효가 내게 다가왔고, 우리는 자연스럽게 인사를 나누었다.

"얘기 들었어요."

장효가 악수를 하며 말했다. 그가 말하는 이야기란 아마 선아에 관한 이야기일 것이다.

"그래도 여전히 보기 좋네요. 형이랑 선아는."

장효가 말했다.

나는 그의 눈빛을 읽어 냈다. 우리를 마치 비련한 사랑이야기의 주인공처럼 바라보는 듯한 눈빛이었다. 그 시선에서 나는 약간의 불쾌함을 느꼈다.

"네가 더 보기 좋아."

내가 말했다. 오늘 결혼을 하는 사람은 나와 선아가 아닌 그였기 때문이다.

나는 정장을 말끔히 빼입고 있는 그가 순간 부러웠다.

인생에서 가장 특별한 날을 통과하는 기분은 어떤 기분일까. 결혼식의 주인공은 신부라고 하지만, 사실 그 주인공이 사랑하는 사람은 신랑이다. 하객들은 드레스를 입은 신부를 바라보지만, 그 신부는 신랑을 바라보고 있다. 나는 장효와 악수를 하는 그 짧은 순간에 이런 감상에 젖어 있었다.

결혼식이 시작되었다.

재작년 우태의 결혼식을 시작으로 최근 들어 결혼식장을 찾는 일이 잦아졌다. 친구와 지인들의 나이가 흔히 말하는 결혼 적령기였기 때문에 자연스러운 일이었다. 바꿔 말하면 내가 결혼 적령기라는 뜻이기도 했다.

사회자의 진행에 따라 신랑 신부 입장과 맞절, 혼인 서약과 주례가 이어졌다. 현희가 서약문을 읊을 때 선아는 닭똥 같은 눈물을 떨어뜨렸다. 나는 이 상황을 예견하고 미리 챙겨 온 손수건을 그녀에게 건넸다. 화장이 번질세라 선아는 재빨리 눈물을 훔쳤다.

결혼식장을 찾을 때마다 마음속에서 피어나는 몽글몽글한 이 기분을 나는 좀처럼 감추기 힘들었다. 두 사람이 평생 함께하기를 약속하는 공간에 같이 있는 것은 기분이 묘해지는 일이었다.

주례가 끝나자 신랑 측 하객들이 축가를 불렀고, 결혼

식은 신랑 신부가 양가 부모님께 인사를 하는 것으로 마무리되었다.

자유로운 분위기 속에서 기념 촬영이 끝나고 신부의 부케를 던지는 시간이 찾아왔다. 하객들의 시선은 현희의 손에 들린 부케로 향했다. 그녀가 던진 꽃다발이 누구의 손에 쥐어질지 모두 궁금해하며 기다리고 있었다. 나와 선아도 마찬가지였다.

그러나 모두의 예상을 빗나갔다. 현희는 부케를 던지지 않았다. 그녀는 천천히 선아에게 다가와 부케를 손에 쥐여 줬다.

"네 거야."

선아는 얼떨결에 부케를 건네받았다. 이 장면을 보고 있던 선아의 친구들이 박수를 치기 시작했고, 박수는 전염되어 하객들 모두가 박수를 치기 시작했다. 나는 선아의 표정을 살폈다. 그녀는 기쁘다기보다는 당황한 쪽에 가까운 표정을 짓고 있었다.

나는 선아의 기분을 알 수 없었기 때문에 박수를 칠 수 없었다. 그러나 하객들의 박수 세례는 좀처럼 멈출 생각이 없어 보였다.

그 후로 자연스럽게 피로연이 열렸다. 하객 무리 속에

서 나를 놓치지 않기 위해 선아는 나의 팔꿈치를 꽉 붙잡고 있었다. 나는 뷔페식 음식들을 차례대로 접시에 담았고, 그녀의 것도 담아 주었다. 그 때, 신랑 측 하객으로 보이는 사람이 내게 다가와 인사를 건네고 말했다.

"너무 예쁜 커플이에요."

알고 보니 그녀는 장효의 누나였다. 그녀는 부케를 전달하는 장면이 너무 인상 깊었고, 선아와 내가 아름다운 한 쌍이라며 칭찬을 아끼지 않았다. 나는 갑작스러운 칭찬에 어떻게 반응해야 할지 몰라 감사하다고만 답했다.

그 뒤로 몇 명의 사람들이 내게 다가와 비슷한 칭찬의 말들을 늘어놓았다. 어떤 사람은 내가 대단하다는 말까지 했다.

부케 전달식 이후로, 하객들 사이에서 선아가 시각 장애인이라는 사실이 퍼진 것처럼 보였다. 신부가 꽃다발을 던지지 않고 걸어서 전달한 것은 하객들의 눈에 상징적으로 비쳤고, 그것이 촉발제 역할을 한 것이었다.

이제 정식으로 부부가 된 현희와 장효는 스페인으로 신혼여행을 떠나기 위해 공항으로 향했고, 나는 선아와 전철을 타러 갔다.

집으로 돌아가는 길에 선아는 한 마디도 하지 않았다.

그녀의 한 손에 힘없이 쥐어진 부케는 꽃의 머리가 바

닥을 향해 있었다. 내가 말을 건네면 그녀는 모두 단답으로 답했기 때문에 나는 말을 걸고 싶지 않았다. 어떤 이유인지는 모르겠지만 분명 토라진 듯 보였는데, 선아는 집에 도착할 때까지 그 이유를 말해 주지 않았다.

현관문을 열고 들어오자마자 선아는 부케를 거실 바닥에 던지듯 내려놓더니 말했다.

"오빠가 내 비서야?"

그녀의 말투는 날카로웠다.

"비서?"

내가 말했다.

"그게 무슨 뜻이야?"

"우리가 아름다워? 오빠가 대단해?"

"알아듣게 얘기해 봐."

"사람들이 오빠한테만 말 걸고 나한테는 아무도 말을 안 걸었잖아. 나는…… 사람들 눈에 나는 안 보이는 거야? 왜 오빠한테만 말을 걸어? 우리가 아름답다고, 예쁘다고, 대단하다고, 멋지다고 말하는데 오빠는 또 거기에 대고 감사하다고 그러고 있고. 오빠도 정말 그렇게 생각하는 거야? 나를 만나고 있는 게 정말 대단한 일이라고 생각하는 거야?"

선아는 반쯤 울먹이는 목소리로 울분을 터뜨리듯이 말

을 내뱉었다. 그녀가 집에 오는 길 내내 입을 꾹 닫고 있었던 이유를 이제야 알 수 있었다. 그러나 갑작스럽게 화를 내는 그녀에게 나는 서운한 마음이 들었다.

"그분들이 나쁜 뜻으로 말한 게 아니잖아. 그럼 거기서 내가 뭐라고 말해?"

나의 말에 선아는 한 번 더 상처를 받은 것 같았다. 그러나 한 번 시작된 나의 말은 멈출 수 없었다.

"그리고 네가 아무 말도 안 했잖아. 그때는 아무 말도 안 해 놓고 이제 와서 갑자기 이러면 내가 어떻게 반응해야 돼?"

그렇게 말하지 말았어야 했는데. 나는 말을 내뱉음과 동시에 그런 생각을 했다. 그러나 나의 문장은 선아의 마음에 박혀 버렸고, 나는 숨죽이며 대답을 기다렸다.

"우리는……."

선아가 허공을 바라보며 말했다. 나의 목소리가 들리는 쪽으로 초점을 모으려고 노력하는 듯 보였지만, 그녀의 시선은 허공을 쫓을 뿐이었다.

"말하지 않아도 알 수 있잖아."

"그런 사이는 없어."

내가 말했다.

"말하지 않아도 모든 걸 알 수 있는 사이는 세상에 없어."

선아의 발치엔 흐트러진 꽃다발이 놓여 있었고, 그녀

와 나 사이의 거리는 네 걸음 정도 떨어져 있었다. 마음의 거리는 그것보다 훨씬 더 멀리 떨어져 있었다.

"그래도 조금은…… 조금은 알 수 있잖아."

선아가 말했다.

나는 대화를 이어 나가면 싸움으로 번질 것 같아서 잠시 바람을 쐬며 생각을 정리하고 오겠다고 말했다. 나는 그녀와 싸우고 싶은 마음이 없었다. 선아는 나를 붙잡지 않고 거실에 우두커니 서서 집을 나서는 나를 바라보았다.

아니, 정확히는 소리가 들리는 현관문 쪽으로 고개를 향한 것뿐이었다.

그녀는 나를 볼 수 없었다.

★

나는 씩씩거리며 계단을 내려갔다.

서운한 마음이 옅은 분노로 바뀌어 나의 마음을 어지럽혔고 나는 그것을 정화시킬 필요성을 느꼈다.

나는 골목길을 정처 없이 걸었다. 머리를 식히기 위해 나온 것이기 때문에 목적지를 정하지 않고 구부러진 골목길을 계속해서 걸었다.

처음 몇백 걸음은 나의 마음을 들여다보는 데 사용했

다. 그러다 몇 번째 걸음부터인지 모르겠지만, 어느 순간부터 나는 선아의 마음을 들여다보기 시작했다.

그녀는 부케를 건네받고 사람들의 박수 세례를 받았다. 그리고 피로연 내내 나에게 팔짱을 낀 채로 사람들의 칭찬을 들었다. 그러나 그녀에게 직접 말을 거는 사람은 없었고 모두 나를 통해 전했던 말들이었다.

나는 남자 친구가 아니라 보호자였고, 선아는 여자 친구가 아니라 환자였다. 그것이 하객들의 시선이었다. 그녀가 나를 비서에 비유한 것도 과장은 아니었다.

투명 인간이 된 선아는 어떤 기분이었을까.

나는 테이프를 뒤로 돌려 그녀가 되어 보았다. 파도처럼 밀려오는 모욕감과 소외감을 떨쳐 낼 수 없었다. 그녀가 받았을 상처를 떠올리면, 나의 상처는 아무것도 아닌 것처럼 느껴졌다.

어느덧 노을이 지고 있었다.

선아에게 어떤 말을 시작으로 사과를 해야 할지 고민하며 나는 집으로 발길을 돌렸다.

집에 들어오자마자 내 눈에 들어온 건 거실에 떨어져 있는 부케였다. 나는 흐트러진 꽃들을 가지런히 모아 테이블 위에 올려놓았다.

선아는 침대에 누워 잠들어 있었다.

나는 그녀가 깨지 않도록 방문을 열고 들어가 조심스럽게 옆에 누웠다. 그렇게 한참을 있었다.

　선아의 숨소리에 귀를 기울이다 보니, 그녀가 자고 있지 않다는 것을 눈치챘다. 그녀가 잘 때의 숨소리보다 더 옅고 빨랐다.

　"자?"

　나는 속삭이듯 물었다.

　"아니."

　나의 예상이 맞았다.

　"곰곰이 생각해 봤는데. 내가……."

　"미안해."

　선아는 나의 말을 끊고 말했다.

　"오빠 잘못 아니야. 내가 괜히 화풀이했어."

　나는 말문이 막혀 버렸다.

　집에 돌아오는 길에 머릿속으로 돌렸던 시뮬레이션들이 모두 지워져 버렸다. 나는 뒤돌아 누운 그녀의 등을 물끄러미 바라보았다. 나는 눈물을 틀어막기 위해 선아를 껴안아 그녀의 날갯죽지에 얼굴을 비볐다.

　이것은 화해의 표현이었고, 그녀도 알고 있는 것 같았다.

　"간지러워."

　선아가 웃음을 터뜨렸다.

　"나는 네 등 냄새가 좋아."

"등이 아니라 섬유 유연제겠지."

"그게 그거지."

긴장이 풀리자 나는 선아를 뒤에서 껴안은 채로 잠이 들었다.

★

선아에게 좋은 소식이 생겼다.

그녀뿐만 아니라, 내게도 좋은 소식이었다.

그녀가 좋으면 나도 좋으니까.

선아는 시각 장애인 복지관에서 바리스타 수업 과정을 듣기 시작했다. 시각 장애인은 커피를 만들지 못할 것이라는 나의 편견이 보기 좋게 부서지는 순간이었다. 그녀가 꿈을 포기해야만 한다고 단정 지었던 과거의 내가 부끄러워졌다.

그녀의 꿈은 여전히 현재 진행형이었다.

"나를 고용하지 않아도 상관없어. 어차피 내가 차릴 거니까."

선아가 말했다.

다시 의욕이 생기기 시작한 그녀의 일상엔 활기가 돌았다. 물론 앞이 보이지 않는 상태에서 커피를 내리는 것

은 쉽지 않은 일이었다. 그래도 오랫동안 카페에서 일을
해 온 경력 덕분인지 다른 학생들보다 훨씬 수월하게 과
제를 수행했다. 우등생이 된 선아는 같이 수업을 듣는 학
생들에게 자신의 노하우를 전수해 주었고, 강사는 그런
그녀를 무척 마음에 들어 했다.

"이런 여자 친구를 두시다니. 세상을 다 가지셨네요."

강사가 말했다.

나는 매일을 그런 기분으로 살아간다고 너스레를 떨며
답했다.

선아의 하루는 전보다 바빠지고, 혼자서 이동하는 일
이 잦아졌다. 그래서 그녀는 맹인 안내견을 분양받기로
결심했다.

선아는 안내견 학교에서 면접을 보고 4주간 파트너 교
육을 받았다. 안내견과 함께 지내며 지켜야 할 주의 사항
과, 책임감을 기르는 교육이었다. 모든 절차를 밟고 그녀
는 정식으로 안내견을 분양받았다.

안내견의 이름은 '요구'.

생후 7주 후부터 1년간 안내견의 사회화 과정을 위해
직접 길러 준 자원봉사자가 지은 이름이었다.

"뜻이 뭐래?"

내가 물었다.

"털 색깔이 요구르트 같아서 요구라고 지었대."

선아는 요구의 등을 쓰다듬으며 내게 물었다.

"그런데 진짜 요구르트 색이야?"

"응. 완전 요구르트야. 잘 지어 주셨네."

요구는 우리와 빠른 속도로 친해졌다.

나는 사료와 간식, 그리고 요구가 편히 자고 갈 수 있게끔 푹신한 쿠션을 구매했다. 요구는 선아를 따라 주말마다 우리 집에 머물다가 갔다. 평일과 주말을 번갈아 가며 거처가 바뀌어도 녀석은 잘 적응해 주었다.

"새로운 친구가 생긴 기분이야."

선아는 말했다.

"요구는 나를 있는 그대로 대해 줘. 나를 불쌍하게 여기지도 않고 치켜세우지도 않아. 그래서 좋아."

선아는 매일 요구와 산책을 했다.

공원에 들어서면 요구는 사람들이 이목을 끌어모았다. 남녀노소 불문하고 사랑스러운 눈빛으로 요구를 바라보았다.

요구가 착용한 조끼엔 사진을 찍지 말라는 표시와 만지지 말라는 표시가 붙어 있었다. 안내 보행에 지장이 생길 수도 있기 때문이었다. 그래서 사람들은 좀처럼 가까이 다가오지 못하고 멀찍이서 지켜보기만 했다. 다만 선

224

아가 벤치에 앉아 쉬고 있을 땐, 그녀는 사람들에게 요구를 만지는 걸 허락해 주었다. 사람들의 손길을 즐기는 요구는 그 시간이 싫지만은 않은 듯 보였다.

어느 주말, 요구와 함께 산책을 하고 있을 때였다.

반대편에서 걸어오던 한 아주머니가 요구를 안쓰러운 눈빛으로 내려다보며 말했다.

"아이고. 얘는 무슨 죄야. 하루 종일 일만 하네."

요구와 함께 있을 때마다 이런 말들은 심심치 않게 들려왔고, 선아는 그럴 때마다 속상해했다. 그러나 그녀는 잘못된 인식을 바로잡아야겠다는 마음을 먹었는지 더는 물러서지 않았다.

선아는 아주머니를 불러 세운 후 다가가 말했다.

"일하는 게 아니라 산책하는 거예요. 다른 반려견들처럼요. 우리 요구도 다른 개들처럼 산책하는 걸 엄청 좋아하거든요. 즐거워하는 아이를 불쌍하게 바라보지 말아 주세요."

차분하게 설명하는 선아의 이야기를 듣던 아주머니는 뻘쭘해졌는지 아무런 대꾸도 하지 않고 가던 길을 갔다.

나는 선아를 존경스러운 눈빛으로 바라보았다.

✱

　꿈을 향해 다시 나아가기 시작하는 선아의 일상에 요구까지 함께하게 되면서 그녀는 많이 밝아졌다.

　그러나 정작 우리 사이에는 묘한 기류가 흘렀다.

　선아가 활기를 되찾게 된 것은 나로서도 좋은 일이라는 건 부정할 수 없는 사실이었지만, 비극은 그것이 각자의 기쁨으로만 존재한다는 것이었다.

　그녀와 나 사이엔 보이지 않는 얇은 벽이 쳐져 있었다. 현희의 결혼식 날 벌어진 짧은 말다툼 이후로, 나는 선아에게 상처가 될 만한 행동이나 말을 하지 않기 위해 평소보다 주의를 기울였다. 이것은 선아도 마찬가지였다. 무의식적이든, 의식적이든 그녀도 언행을 신경 쓰고 있다는 것을 나는 느낄 수 있었다.

　우리의 행동은 어딘지 모르게 경직되어 있었고, 대화는 무미건조했지만 나는 아무렇지 않은 척하려 노력했다. 말다툼이 싸움으로 번지는 경우보단, 차라리 지금과 같은 분위기를 유지하는 게 더 나을 것이라고 나는 판단했다.

　선아는 어느 순간부터 우리 둘에 관한 이야기보다 요

구에 관한 이야기를 더 자주 꺼냈다.

건강 검진, 목욕, 산책, 사료와 간식, 발톱 정리, 빗질 등 등. 새로운 생명을 책임진다는 일은 많은 에너지를 소모하게 되는 일이었고, 그에 따라 그녀의 입에서 나오는 단어들도 자연스럽게 요구와 관련된 것들이 되었다.

그녀의 말에 적절히 맞장구를 쳐 주다 보니, 어느새 우리의 대화에서 우리는 찾아볼 수 없게 되었다. 그렇다고 유달리 분위기가 삭막하거나 권태로워졌다는 것은 아니다. 오히려 반대였다. 대화의 주제가 바뀌었을 뿐 나와 그녀의 표정은 더 밝아졌고 목소리의 톤은 높아졌다.

어쩌면 우리는, 서로에게 상처를 주는 것이 두려워서 행복한 커플을 연기하는 중일지도 모른다.

★

엄마로부터 전화가 왔다.

이번 주말에 서울에 볼일이 있는데, 오는 김에 나의 얼굴을 보고 가겠다는 내용이었다.

나는 알고 있었다.

그녀는 사실 서울에 볼일이 있어서 올라오는 게 아니라, 그저 내가 보고 싶어서 올라오는 것이다.

엄마는 내가 보고 싶어질 때마다 그런 식으로 말했다.

내가 어떤 볼일로 서울에 왔냐고 물으면, 백화점에서 사고 싶은 게 있었지만, 막상 두 눈으로 보니 사고 싶은 마음이 사라졌다고, 엄마는 늘 그렇게 말했다.

매번 똑같은 레퍼토리의 그녀의 거짓말에 나는 매번 속아 주었다. 내가 자주 내려가지 못해서, 엄마가 직접 올라오게 만들었다는 미안한 마음에 나는 속아 줄 수밖에 없었다.

나는 이 소식을 선아에게도 전했다. 주말에 엄마와 식사를 하게 될 것 같다고 말하자 그녀는 말했다.

"나도 같이 갈까?"

"괜찮아. 너는 집에서 요구랑 쉬고 있어."

"그게 아니라……."

선아가 말했다.

"내가 뵙고 싶어서 그래. 안 찾아뵌 지 오래됐잖아. 게다가 우리가 내려가는 것도 아니고 직접 여기까지 올라오시는 건데 인사라도 드려야지."

그녀의 말에 나는 알겠다고 답했다. 우리는 요구도 함께 갈지 말지에 대해 잠시 고민을 하며 이야기를 나누다가, 결국엔 같이 가는 걸로 결정했다.

선아는 친구의 결혼식에 지팡이를 챙기지 않았지만, 이번엔 달랐다. 그녀의 심정에 어떤 변화가 있었던 것 같기도 했고, 무엇보다 지팡이는 물건이었고, 요구는 생명이었다. 그것이 결정을 내리는 데 큰 영향을 끼친 것 같았다.

토요일 아침.

선아는 결혼식에 갈 때보다 두 배로 공들여 화장을 했다.

나는 그럴 필요가 전혀 없다고 말했지만, 그녀는 귓등으로도 듣지 않았다.

엄마를 만나기 전, 나는 긴장을 했다. 실명된 선아를 처음 보는 엄마의 반응은 내가 통제할 수 없는 불가항력의 영역이라는 것이 주된 원인이었다. 나는 엄마의 반응이 궁금하면서 동시에 두려웠다.

집 앞엔 차를 끌고 온 엄마가 도착해 있었다. 나는 조수석에 올라탔고, 선아는 요구와 함께 뒷좌석에 앉았다. 선아는 평소보다 더 밝은 목소리로 공손하게 인사를 건넸다. 인사를 받아 주는 엄마도 마찬가지였다.

"어머, 귀여워라."

엄마가 뒷좌석에 앉은 요구를 보며 말했다.

"얘는 이름이 뭐야?"

"요구에요. 털색이 요구르트 색이라서요."

넷을 태운 차는 전날 미리 예약해 둔 식당으로 향했다. 한식이 코스 요리로 나오는 전문 식당이었는데, 인터넷에 올라온 평이 전체적으로 좋고 엄마와 선아가 유독 한식을 좋아해서 고른 곳이었다.

그러나 예상하지 못한 일이 벌어졌다.

우리는 식당 입구에서부터 퇴짜를 맞았다.

"죄송하지만, 반려동물은 출입이 어려우세요."

종업원이 말했다.

"이 친구는 안내견이에요."

나는 종업원의 오해를 풀기 위해 말했다. 그러나 예상과는 달리 그는 처음부터 오해를 한 적이 없었다.

"네 알고는 있는데…… 그게…… 불편해하는 손님들도 계셔서요……"

종업원은 말끝을 흐렸다.

"입장 자체가 안 되는 건가요?"

내가 물었다.

"말썽도 안 피우고 엄청 얌전해요."

선아가 옆에서 거들었다. 종업원은 우물쭈물하다가 사장님께 여쭤보고 온다며 가게로 들어갔고, 잠시 후 다시 돌아와 말했다.

"죄송합니다. 입장이 어려울 것 같아요."

우리는 잔뜩 실망한 채로 가게를 나왔다.

안내견 출입 거부는 불법이라는 것을 알고 있었지만 신고를 할 생각은 하지 않았다. 만약 그렇게까지 해서 들어갔다 하더라도 사장과 종업원, 그리고 손님들의 눈치를 봐 가며 식사를 하고 싶지 않았기 때문이다.

하는 수 없이 가까운 다른 식당을 찾았다. 그러나 그곳에서도 똑같은 수순으로 퇴짜를 맞았다. 식당을 나올 때마다 선아는 엄마에게 거듭 죄송하다고 말했고, 엄마는 그러지 말라며, 사과는 가게 주인들이 해야 한다고 말했다.

나는 선아가 엄마에게 사과를 하게 되는 이 상황이 끔찍할 정도로 싫었다. 어떤 식당이든 좋으니 들어가야만 했다.

나는 근처에 있는 식당에 일일이 전화를 걸어 입장 가능 여부를 물었고, 20분이 지나서야 한 식당을 찾을 수 있었다. 처음 예약했던 곳보단 조금 허름했고, 인기도 덜한 곳이었지만 사장님이 무척 친절했기 때문에 일말의 고민도 없이 결정했다.

기나긴 여정 끝에 식탁에 앉아 메뉴를 주문하고 기다렸다. 요구는 식탁 아래 선아의 발치에 엎드려 앉아 있었다. 맛있는 냄새가 솔솔 풍겨 오는 전골집이었는데도 날뛰지 않고 얌전히 있었다.

"이렇게 조용한 아이인데."

엄마는 요구를 바라보며 말했다.

실제로 식당의 몇 손님은 이렇게 덩치가 큰 개가 들어

왔는지조차 모르고 있는 것 같았다. 한 시간 가까이 고생했던 게 무색하게 느껴질 만큼, 요구는 쥐 죽은 듯이 우리를 기다려 주었다.

기다림.

그것은 안내견의 특기였다.

"요즘 날씨가 많이 덥죠."

선아는 날씨 이야기를 시작으로 어색해진 분위기를 풀기 위해 노력했다. 그녀는 최대한 엄마와 시선을 맞추기 위해 안간힘을 쓰고 있었다. 행여 초점이 빗나갈까 봐 선아는 엄마로부터 고개를 한 번도 돌리지 않았다.

맞은편에 앉은 엄마는 나란히 앉은 우리를 번갈아 가며 바라보았다. 나는 그녀가 무슨 생각을 하고 있는지 몰랐기 때문에 긴장했다. 엄마는 나의 눈빛만 봐도 어떤 생각을 하고 있는지 훤히 들여다보는데, 나는 당최 그녀의 눈빛을 읽어 낼 수가 없다.

주문한 메뉴가 차려지고 엄마는 식전 기도를 드렸다. 우리는 가만히 있기 뻘쭘해서 함께 기도를 드렸다. 기도라고 해 봤자 그저 눈만 잠시 감았다가 떴을 뿐이었다.

엄마는 수저를 뜨면서 선아에게 궁금했던 것을 하나하나 물었다. 병명은 무엇인지, 불편한 점은 어떤 게 있는지, 생활은 할 만한지, 우리의 연애는 어떻게 달라졌는지, 어떤 일을 할 예정인지. 나는 그녀가 입을 열 때마다 어떤 질문이 나올지 가슴을 졸였다. 선아는 모든 질문에 성심성의껏 답했고, 엄마는 그녀의 대답에 만족하는 듯 보였다.

주문한 메뉴가 나오자 대화는 잠시 멈췄고 우리는 식사를 했다. 나는 선아의 젓가락질을 옆에서 거들어 주었다. 그러나 그녀는 괜찮다며 혼자의 힘으로 해 보겠다고 말했다.

엄마는 그런 우리의 모습을 유심히 바라보았다. 그녀의 눈빛은 어떤 감정이 실려 있는 게 아니라, 냉정한 이성이 서린 관찰자의 눈빛이었다. 나는 그녀가 선아를 마음에 들어 하지 않는 건 아닌지 내심 걱정스러운 마음에 마음 놓고 밥을 먹지 못했다. 정작 그녀의 입에서 그런 뉘앙스의 말은 한 번도 나온 적이 없었는데 말이다.

식사를 마치고 나왔다.

엄마는 근처에 TV에 방영된 유명한 빵집이 있는데, 그곳에서 빵을 한 아름 사 가야겠다고 말했다. 나는 짐을 덜어 주기 위해 엄마를 따라갔고, 선아와 요구는 차에 앉아 기다렸다.

빵집은 줄을 서서 기다릴 정도로 인기가 많았다. 빵을 먹기 위해 줄을 서 본 적이 없던 나는 이 광경이 기이하게 느껴졌다.

"줄이 길면 길수록 맛있다는 증거야."

엄마도 이 정도의 인파는 예상하지 못했는지 내게 말했다.

"먹어 보지 않으면 모르지."

내가 말했다.

"원호야."

나를 부르는 그녀의 말투는 미묘하게 바뀌었다. 어떤 할 말이 있을 때마다 나오는 어조였다.

"선아를 사랑하니?"

"무슨 소리야. 갑자기."

"아니다. 질문을 바꿀게."

엄마는 나의 눈을 똑바로 응시하며 말했다. 차가운 호수 같은 그녀의 눈동자 앞에서 나는 순간 얼어 버렸다.

"너는 사랑이 되었니?"

나는 그 질문이 무엇을 뜻하는지 해석하려고 노력했다.

사랑은 하는 게 아니라, 되는 것.

과거에 엄마와 나눴던 대화가 떠올랐다.

"아까 밥을 먹으면서."

엄마가 말했다.

"나는 계속 너를 봤어."

"나를?"

"응. 너는 내가 선아를 보는 줄 알았겠지만. 전혀. 나는 선아를 걱정하지 않아. 선아는 강한 어른이거든."

그녀와 대화를 하는 동안 줄은 조금씩 줄어들었다. 엄마는 한 걸음씩 앞으로 나아가며 이야기를 계속했다.

"우리 아들."

엄마는 나의 팔뚝을 한 손으로 쥐며 말했다.

"밥 먹는 내내 너를 보는데, 떠오른 사람이 있어."

"누구? 아빠?"

"네가 아빠를 똑 빼닮은 것도 물론 맞지만. 아빠가 아니야."

엄마가 말했다.

"나. 과거의 내가 떠올랐어. 네 아빠가 암에 걸리고 간병 생활을 시작했을 때의 나. 그때는 상황을 최대한 긍정적으로 바라보려고 노력했지만, 간병 기간이 길어질수록 서서히 지쳐 가고, 매일 하루도 빠지지 않고 눈물을 흘렸었지. 원호 너도 곁에서 지켜봤기 때문에 잘 알겠지만."

"맞아. 엄마가 제일 힘들 때였지."

"지금에서야 고백하는 건데, 나는 그때 네 아빠를 사랑하지 않았어. 아니, 그 방법을 잊어버렸지. 병에 걸린 그이가 가엾으면서 원망스러웠고, 그럴수록 나는 사랑에서 멀어져만 갔어. 이건 굉장히 무섭고 슬픈 일이야. 나는 나의 감정을 돌이킬 수 있는 방법을 알지 못해서 모든 걸 포기하고 슬픔에 잠식됐어. 그렇게 네 아빠는 우리 곁을 떠났지. 그러고 나서 한참 뒤에야 나는 다시 그를 사랑할 수 있게 됐어. 분명 내 곁에 없었는데, 오히려 그 점이 도움이 되었던 거야."

나는 그녀의 이야기에 귀를 기울였다. 어느새 줄은 많이 줄었고, 빵을 골라 담을 수 있는 장소에 도착했다. 그러나 그녀는 집게를 집지 않고 이야기를 이어 나갔다.

"그러니까…… 내가 하고 싶은 말은. 어떤 사랑은 떠나보낼 때 이뤄지는 경우도 있다는 거야. 아주 드물지만 말이야. 나는 너의 눈빛에서 사랑이 아닌 피로를 읽었어. 그건…… 사랑이 된 사람의 눈빛이 아니야. 나는 잘 알아……. 엄마는…… 네 마음을 잘 알아……."

나의 팔뚝을 쥐고 있던 그녀의 손이 자연스럽게 내려와 나의 손을 잡았다. 나는 엄마를 뚫어져라 쳐다보았다. 그녀는 간절했다. 무엇이 간절한지는 딱 잘라 말할 수 없었지만. 분명 간절해 보였다.

나는 그녀의 손을 뿌리쳤다.

그리고 인사도 없이 빵집을 나왔다.

엄마의 과거 이야기들, 그리고 나의 마음을 간파했다는 듯이 말하는 그녀의 모든 말들이 궤변처럼 느껴졌고, 결론까지 빙 둘러 말하는 화법에 환멸이 났다. 무엇보다 그녀가 내뱉는 문장에 딱히 반박할 말들이 떠오르지 않아서 나는 스스로에게 화가 났다.

육체가 발가벗겨진 것보다 더 큰 수치심을 느꼈다.

나는 주차되어 있는 차로 돌아가 선아와 요구를 데리고 나왔다.

"어머님은?"

"줄이 너무 길어서 그냥 나왔어. 엄마는 근처에 사는 친구 뵈러 간다고, 신경 쓰지 말고 우리 둘이 데이트하래."

나는 거짓말을 했다.

"인사도 못 드렸는데."

"괜찮아. 우리 산책이나 하자. 여기 근처에 큰 공원 있어."

나는 선아의 손을 잡고 공원을 산책을 했다.

여느 때처럼 사람들은 요구에게 사랑스러운 눈빛을 보냈다.

내가 선아를 바라보는 눈빛도 그럴까.

나는 지금 그녀를 어떻게 바라보고 있는 걸까.

빵집에서 나눈 엄마와의 대화가 머릿속에 먹구름처럼 껴 있었고, 나는 그것을 떨쳐 낼 필요성을 느꼈다.

그래서 나는 아무런 맥락 없이 선아에게 사랑한다고 말했다.

그녀는 고개를 갸우뚱했지만, 잠시 후 웃으며 말했다.

"나도 알아."

불꽃이

꽃인 이유

"선아야."

"응."

"그거 알아."

"뭐가?"

"우리 한 달 뒤면 5주년이야."

"와. 시간 참 빠르다."

"바꿔 말하면. 지구가 태양을 다섯 번 돌았고, 달이 지구를 60번 돌았고, 지구가 스스로 1825번 돈 시간이야. 대통령이 바뀌고, 벚꽃이 다섯 번 폈고, 첫눈이 다섯 번 내렸어."

"그렇게 말하니까 색다르네."

"5주년 때 어디 가고 싶은 곳 있어?"

"음…… 오빠는?"

"나는 네가 가고 싶은 곳."

"나는 오빠가 가고 싶은 곳."

"바다는 어때?"

"바다 좋지. 오랜만에 바다 냄새도 맡고, 파도 소리도 듣고 싶다. 수평선은 보지 못하지만."

"그럼 어느 바다로 갈까."

"강릉. 강릉 어때. 우리 한 번도 안 가 봤잖아."

"강릉 좋지. 나는 동해가 좋아. 그럼 숙소 예약해 놓을게."

"혹시 모르니까, 요구도 같이 들어갈 수 있는지 알아봐 줘. 저번처럼 입구에서 퇴짜맞으면 안 되니까."

"응 알겠어. 혹시 바라는 옵션 같은 거 있어?"

"다른 건 필요 없어. 바다랑 가깝고 조용한 곳. 그리고 되도록 독채였으면 좋겠어. 숙박하는 사람들이 요구를 싫어할 수도 있으니까."

"……찾았다. 바다랑 가까운 독채. 걸어서 5분 거리에 해변이 있고, 아침으로 주인장이 직접 만든 도시락까지 준대."

"좋아. 거기로 예약하자."

"정말 오랜만이다. 바다."

"나, 벌써 설레."

"나도."

"빨리 한 달이 흘렀으면 좋겠다."

"금방 올 거야. 시간은 항상 빨리 흐르니까."

★

한 달 뒤.

7월 9일.

선아와 만난 지 5년째 되는 날.

우리는 가방 하나에 모든 짐을 때려 넣고 강릉으로 가는 기차에 올라탔다.

요구는 선아의 의자 밑에 엎드려 앉았다. 공간이 조금 협소해서 선아는 다리를 들어 올려 양반다리를 했다. 덕분에 요구는 편하게 갈 수 있었다.

오랜만에 떠나는 기차 여행에 들뜬 우리는 필름 카메라의 셔터를 눌러 댔다.

"이게 바로 기차 여행의 묘미지. 목적지로 향해 달리고 있는 이 시간이 너무 즐거워."

선아가 말했다. 그녀는 발밑에 있는 요구를 쓰다듬으며 말을 이었다.

"사실 돌이켜 보면 모든 게 그런 것 같아. 막상 목표를 이루면 생각했던 것보다 기쁘지 않고, 과정이 즐거웠다는 것을 깨달아. 만약 과정이 즐겁지 않았다면 뒤늦게 후회하는 거고."

"맞아. 우리는 늘 뭔가를 쫓으며 살지만, 사실 그 뭔가는 항상 지금 우리 옆에 있는 거 같아."

내가 말했다.

"그게 뭘까. 우리가 쫓는 것."

선아가 말했다.

"사람들은 행복이라고 하지만, 난 잘 모르겠어. 행복은 사실 그 과정에서 생기는 전리품 같은 거라고 생각해. 우리는 행복을 쫓는 게 아니야. 우리는…… 우리가 쫓는 게 무엇인지 아마 죽을 때까지 모를 거야. 왜냐하면 그건 정답이 없고 그때그때 달라지는 거거든. 무의미로 시작된 삶에서 자신만의 의미로 색을 칠하는 거지."

"예를 들면?"

"어떨 때는 좋은 성적을 받는 게, 어떨 때는 꿈을 이루는 게, 어떨 때는 커리어를 쌓는 게, 어떨 때는 가정을 지키는 게 중요해지는 것처럼. 한 사람의 인생만 놓고 봐도 이렇게 달라지는걸. 그래서 우리는 우리가 무엇을 쫓는지 딱 잘라 말할 수 없는 거야. 그건 하루 걸러 하루마다 바뀌는 녀석이고, 엄청 많으니까."

"오늘 우리가 쫓는 건 뭘까?"

선아가 물었다.

"그건……"

내가 말했다.

"우리의 5주년 여행을 원 없이 즐기는 거지."

나의 말에 선아는 웃어 보였다.

"그건 자신 있어."

그녀가 말했다.

✱

기차에서 내린 우리는 역 앞에 모여 있는 택시를 잡았다.

그러나 탑승 거부를 하는 택시 기사가 여러 차례 있어서, 우리는 네 번 만에 겨우 택시에 올라타는 걸 성공했다. 개 알레르기가 있는 기사, 사람을 제외한 동물은 절대 태우지 않는다는 기사, 다른 손님을 배려하는 마음을 가져보라고 역으로 우리를 훈계하는 기사가 있었다.

처음 겪는 일이 아니었지만, 여행지에 도착하자마자 이런 일을 겪으니 마음 한편이 불쾌했다. 숙소로 가는 길에 투덜대는 나를 선아는 진정시켰다.

"그래도 전보단 많이 좋아진 편이래."

숙소에 도착해 체크인을 하고 짐을 풀었다.

숙소는 아담한 독채 펜션으로 내부는 복층으로 나뉘어 있었다. 그러나 다락방으로 올라가는 계단에 손잡이가 없어서, 올라가다가 선아가 다칠 위험이 있었기 때문에 그곳은 쓰지 않기로 했다.

우리는 바닷가에서 물놀이를 할 복장으로 갈아입었다. 그래 봤자 여분의 얇은 면 티와 반바지일 뿐이었다. 우리는 요구와 함께 바닷가로 걸었다. 걸어서 5분 거리로 코앞이었다. 점점 해변이 가까워지자 선아가 말했다.

"바다 짠 내. 파도 소리."

해변엔 사람들이 몇 없었다. 눈에 보이는 사람들만 대여섯 명뿐이었다. 선아의 부탁대로 사람이 적은 곳을 골랐기 때문이었다.

나는 파라솔을 대여하고 요구를 그곳에 묶어 그늘에 쉬도록 했다. 그리고 선아와 손을 잡고 백사장을 조금 걷다가 파도에 가까이 다가갔다.

"앗 차가."

선아가 말했다. 그녀의 발끝을 파도가 스치듯 만지고 도망쳤다. 그리고 곧 다시 돌아와 그녀의 발등을 쓰다듬었다.

"기분 좋다"

선아가 말했다. 나는 저 멀리까지 펼쳐진 수평선을 바라보았다. 햇빛에 반사된 바다의 표면이 반짝거리는 윤슬을 만들어 냈다. 자연의 웅장함 앞에서 나의 마음은 겸허해졌다. 그동안 쌓인 마음의 찌꺼기들이 파도에 쓸려 내려가는 기분이었다. 선아는 자신의 발을 내려다보며 발끝을 간지럽히는 파도의 감각에 집중하고 있었다.

"바다는 영혼을 세수하는 곳이야."

내가 말했다.

"오글거려."

선아가 말했다.

"우리 엄마가 한 말이야."

"미안."

선아는 머쓱해하며 말했다.

"바다는 영혼을 씻는 곳이지. 암. 그렇고 말고."

그녀는 자신의 발에 시선을 고정한 채로 말했다.

나는 장난기가 발동해 선아의 무릎 뒤편에 팔을 끼고 들어 안았다. 선아는 외마디 비명을 지르고 나의 가슴팍을 쳤다. 그러나 입은 웃고 있었다. 나는 그녀를 들어 안은 채로 바닷물로 한 걸음씩 들어갔다.

날씨는 후덥지근했지만, 바닷물은 차가웠다.

나의 목을 휘감은 선아의 팔에 잔뜩 힘이 들어가 있었다.

"어때. 시원하지."

내가 말했다.

"……무서워."

선아가 말했다.

나는 문득 그녀가 실명된 당일이 떠올랐다. 계단을 내려가는 게 무서워 내게 업혔던 그녀. 나의 목을 세게 끌어안았던 그녀의 팔. 그때의 장면이 내 머릿속에 스쳐 지나가면서 나는 재빨리 물 밖으로 나왔다.

앞이 보이는 내가 느끼는 바다와 앞이 보이지 않는 그녀가 느끼는 바다는 전혀 다른 공간이었다. 나는 순간 그 사실을 망각하고 있었던 것이다.

물속에서 헤엄을 치는 일은 그녀로선 아직 불가능한 일이었다. 그래서 우리는 파도의 끝자락에 앉아 밀려오는 파도를 느끼는 것으로 물놀이를 대신하기로 했다. 그것만으로도 바다를 느끼기엔 충분했다.

"파도는 참 신기해."

선아가 말했다.

"왜?"

"그냥. 파도가 치는 것 자체가 신기해. 호수나 강 같은 물에선 파도가 안 치는데. 바다는 늘 파도가 치고 있어."

"듣고 보니 그러네."

"여기엔 분명 과학적인 이유가 있겠지."

선아는 앉은 채로 파도에 발을 구르며 말했다.

"그런데 나는 이렇게 생각할래. 바다가 우리에게 손짓을 하고 말을 걸어오는 거라고. 그게 파도라고."

*

짧은 물놀이를 마치고 숙소로 돌아와 함께 샤워를 했다.

우리는 서로의 몸에 스며든 모래와 바닷물을 씻겨 주었다.

욕실 밖으로 나와 물기를 닦고 머리를 말렸다. 그리고 선아의 머리도 말려 주었다. 우리는 선풍기를 틀고 발가 벗은 몸으로 침대에 누웠다.

"이 순간이 제일 좋아."

선아는 팔다리를 대자로 뻗으며 말했다. 그리고 안아 달라는 듯이 양팔을 활짝 벌렸다. 나는 선아의 몸 위로 올라가 그녀를 안았다. 그러자 그녀는 양손으로 나의 턱을 감싸 입을 맞췄다.

"밤에 분위기 잡고 싶었는데."

내가 말했다.

"지금 하고 싶어."

선아가 말했다. 나는 그 모습이 너무 사랑스러워서 키스를 했고, 우리는 자연스럽게 섹스를 했다.

서로의 몸이 절정에 달아올라 끝을 향해 달려가고 있던 중, 선아는 갑자기 울음을 터뜨렸다. 나는 놀란 마음에 움직임을 멈추고 그녀의 눈물을 닦아 주었다. 내가 왜 우냐고 묻자, 그녀도 이유를 모르겠다고 말했다. 나는 더 이상 이유를 캐묻지 않았다.

섹스는 중단되었고, 선아는 내게 거듭 미안하다고 말

했다. 나는 신경 쓰지 말라고, 대신 혼자의 힘으로 사정을 해도 괜찮겠냐고 물었다. 그녀는 물론이라고 답했고, 그래서 나는 자위를 했다. 내 몸은 이미 달아오를 대로 달아오른 상태여서 금방 사정을 했다.

나는 화장실에서 뒤처리를 하고 나와 다시 침대에 누웠다. 그러자 선아가 나를 끌어안으며 말했다.

"왜 눈물이 났는지 알 거 같아."

"뭔데?"

"자꾸…… 생각나."

"뭐가?"

"……우리 아기."

그녀는 나를 더욱 세게 끌어안으며 말했다.

"관계를 맺을 때 기분은 좋은데……. 자꾸 그때가 떠올라. 그러니까…… 기분이 좋아질수록 오히려 그때의 기억이 더 생생해져."

나는 조용히 그녀의 이야기를 들었다.

"이런 말 하면 어떻게 들릴지 모르겠는데…… 내가 흥분하면 할수록 이상하게 점점 죄책감이 들어. 마치 하늘에서 아기가 나를 감시하고 있는 기분이야. 나도 그러기 싫은데…… 마음이 내 뜻대로 안 돼."

나는 말없이 그녀의 머리를 쓰다듬었다. 내가 여기서 어떤 말을 꺼낸다 하더라도 위로가 되지 않을 것 같았다.

우리는 그렇게 껴안은 채로 서로의 숨소리를 듣다가 낮잠이 들었다.

★

"배고파."

선아는 잠에서 깨자마자 말했다.

시간은 어느덧 다섯 시가 넘어 있었다. 물놀이를 하고 낮잠을 자니 반나절이 사라져 버렸다. 우리는 기차에서 먹었던 군것질거리를 제외하곤, 한 끼도 먹지 않은 상황에서 물놀이를 했기 때문에 상당히 허기진 상태였다.

그래서 우리는 미리 알아본 근처 횟집으로 분주히 발걸음을 옮겼다.

선아는 우리처럼 허기가 져 있을 요구에게 간식을 주는 것도 잊지 않았다.

식당에 들어선 우리는 모둠회와 회덮밥을 시켰다. 가격은 조금 비쌌지만, 배가 고프기도 했고 오랜만의 여행이니만큼 돈을 아끼지 않았다.

"아까 펜션 사장님이 말해 주셨는데, 오늘 불꽃 축제하는 날이래."

내가 말했다.

"정말?"

"응. 여기서 하는 건 아니고 조금 떨어진 해변에서. 그래도 규모가 커서 여기서도 잘 보인대. 이따가 보러 갈까?"

"그래 좋아."

선아는 챙겨 온 필름 카메라를 들어 올리며 말했다.

"불꽃은 못 보지만 사진은 찍을 수 있어."

식사를 마치자 선아는 배가 아프다며 화장실을 찾았다.

나는 그녀를 화장실로 데려다주었고, 선아는 요구와 함께 들어갔다.

그녀가 볼일을 보는 동안 나는 계산을 하기 위해 카운터로 갔다. 내가 종업원에게 카드를 건네려 하자, 한 아저씨가 다가오더니 카드를 들고 있는 나의 팔을 눌렀다. 그리고 자신의 카드를 종업원에게 건넸다.

"왜 그러세요?"

내가 물었다.

그러자 아저씨는 흐뭇한 미소를 지으며 자신이 계산하겠다고 말했다. 내가 다시 한번 이유를 묻자 그는 화장실 쪽을 한 번 쳐다보고는 나의 어깨를 툭툭 치더니 말했다.

"이럴 땐 그냥 감사합니다, 하고 넘어가요. 많이 힘들 텐데."

그는 시종일관 미소를 유지하며 말했다.

나는 그동안의 경험으로 그가 무슨 뜻으로 그런 말을 하는지, 무슨 이유로 자신이 계산하려 하는지 알고 있었다.

그의 미소는 자기 나름대로 선심을 베푼다는 생각에 뿌듯한 마음을 감출 수 없어 흘러나오는 미소였다. 시각장애인을 애인으로 둔 사람에게 베푸는 자신의 아량, 10만 원 남짓 나온 옆 테이블의 계산서를 망설임 없이 지불하는 자신의 배포. 그는 그런 자신의 면모에 스스로 한껏 취해 있는 중이었다.

나의 눈엔 그 모든 것이 읽혔고, 한없이 경멸스러웠다.

그래서 나는 카드를 내밀고 있는 그의 팔을 신경질적으로 뿌리쳤다. 정중하게 거절할 수도 있었지만, 이런 상황을 여러 차례 겪어 온 나는, 그동안 쌓였던 울분이 터져버려서 예의를 차릴 수가 없었다.

나의 행동에 아저씨는 적잖이 당황한 듯 보였다. 그는 자존심에 금이 갔는지 다시 종업원에게 카드를 건넸고, 나는 다시 한 번 그의 팔을 뿌리쳤다. 가운데 낀 종업원은 나와 그를 번갈아 보며 어쩔 줄 몰라 했다.

"아니, 젊은 양반이 왜 이렇게 배배 꼬였어? 남의 배려를 이렇게 함부로 대해도 되는 거야?"

그는 결국 카드를 도로 지갑에 넣고, 목청을 높이며 나에게 삿대질을 했다.

"저기요."

나는 그를 노려보며 말했다.

"같잖은 동정을 배려라고 부르지 마세요. 우리가 불편해하는 걸 불행한 걸로 착각하지도 말고요. 우리는 여행할 여유도, 회 사 먹을 돈도 있어요. 우리가 무슨 거지예요, 얻어먹게?"

나의 말에 아저씨의 얼굴은 곧 터질 것처럼 벌겋게 달아올랐다.

"이거 완전 사이코 새끼네."

그가 씩씩거리며 말했다. 나는 그의 말을 무시하고 계산을 했다. 잠시 후, 화장실에서 선아가 요구와 함께 나왔다. 나는 그녀의 손을 잡고 식당을 빠져나왔다.

"무슨 일 있었어? 누가 소리 지르던데."

"별일 아니야. 어떤 아저씨랑 직원이 말싸움했어. 아마 취하신 것 같아."

"오빠 목소리도 같이 들리던데."

"나는 그냥 가운데서 말린 거야."

"진짜?"

"응. 정말."

선아는 더 이상 묻지 않았다.

나는 어느 순간부터 그녀에게 거짓말을 하는 게 익숙해지고 있다.

★

　우리는 식당에서 나와 불꽃 축제 시간을 기다리며 밤을 돌아다녔다. 생전 처음 밟아 보는 해변의 작은 동네. 골목 구석구석엔 바다 짠 내가 스며들어 있었고, 우리는 그 길 위를 걸었다.

　"나중에 나이 들면 이런 곳에서 살고 싶어."

　선아가 말했다.

　"너는 사람 많은 곳 좋아하잖아."

　"아니. 바뀌었어."

　그녀는 숨을 깊게 들이쉬고 내쉬며 말했다.

　"이젠 한적한 곳이 좋아. 몸도 마음도 다치지 않는 그런 곳……."

　어느덧 해는 저물었고, 시간이 다가왔다.

　우리는 바다를 바라보고 있는 해변에 놓인 벤치에 앉았다. 그리고 펜션 사장님이 알려 준 방향으로 고개를 돌려 불꽃이 터질 때까지 기다렸다. 요구는 피곤했는지 잠시 눈을 붙였다.

　잠시 후, 저 멀리서 불꽃이 피어올랐다.

　"소리 들려?"

　나는 선아에게 물었다.

"응. 시작했나 보네."

알록달록한 불꽃들이 터지면서 하늘의 한편을 물들였다. 선아는 불꽃이 터지는 소리가 들려오는 방향으로 카메라를 가져다 대고 사진을 찍었다.

"오빠."

"응."

"불꽃이 왜 꽃인지 알아?"

선아는 카메라를 내리고 물었다.

나는 잠시 생각에 잠겼다.

"꽃처럼 예뻐서?"

내가 말했다.

"물론 그것도 있지만. 모든 꽃들은 금방 피고 지잖아. 불꽃도 마찬가지고."

선아가 말했다.

"사람들이 꽃 구경을 가고, 불꽃 축제를 보러 가는 것도 그래서가 아닐까. 세상 모든 꽃들은 금방 피고 지니까. 그때 아니면 볼 수 없으니까. 만약 어떤 꽃이 사시사철 매일 피어 있다면 그 꽃은 인기가 없을 거야. 너무 익숙해져서 쳐다도 안 볼걸.

불도 마찬가지야. 잠시 피었다 지는 불꽃은 아름답지만, 불이 하루 종일 피어오르는 건 산불이라고 부르지. 하나는 축제가 되고, 하나는 재해가 돼."

나는 저 멀리 피어오르는 불꽃들을 바라보며 선아의 말에 귀를 기울였다.

나는 선아의 손을 잡았다.

그러나 그녀는 손을 내빼며 말했다.

"그러니까 내 말은…… 진다는 건 슬픈 일이 아니라는 거야. 져야 할 때 지는 건 피어 있는 시간을 더 가치 있게 만들어 주는 거야."

나는 선아의 눈을 바라보았다.

그녀는 입술을 다시며 머뭇거렸다. 나는 그녀가 어떤 할 말이 있는 것 같아서 기다려 주었고, 우리는 한동안 말없이 그렇게 마주 보고 있었다.

"우리 헤어지자."

선아가 말했다.

나는 그 문장에서 현실감이라곤 찾아볼 수 없었다. 어떤 노래 가사에서 따온 문장처럼 느껴졌다. 그래서 나는 못 들은 척하고 되물었다. 그러자 선아가 말했다.

"우리도 지자. 꽃처럼."

"그만 만나자는 뜻이야?"

"응. 맞아."

"왜?"

나는 물었다.

"저번처럼 혼자 있는 시간이 필요한 거야? 요즘 많이 힘들어?"

"아니. 나는 괜찮아. 이제 나는 나를 감당할 수 있어."

"그러면…… 왜 그러는 건데?"

"우리를 감당할 수가 없어서."

선아는 발밑에 있는 요구의 머리를 쓰다듬으며 말했다.

"나는 나만 감당하기에도 벅찬 사람인 것 같아. 조금씩 깨달아 가고 있어. 난…… 요구만 있으면 돼."

"갑자기 무슨 소리야 그게."

"사실 횟집에서 다 들었어. 화장실이 가벽인지 밖에 소리가 다 들리더라고. 변기에 앉아서 오빠의 목소리를 듣고 있는데, 심장이 철렁 내려앉았어. 처음 보는 분에게 그렇게 화를 낸 건 처음이잖아."

"아니 그건."

"그래도 이해했어."

선아는 나의 변명을 끊고 말을 이었다.

"그런데 거짓말까지 하더라. 오빠가 싸운 게 아니라면서."

"그건 미안해."

"그리고…… 오빠 몇 달 전에 경찰서 갔었지?"

"네가 그걸……."

나는 두 눈이 휘둥그레졌다.

"왜 알고 있어?"

"나는 알면 안 돼?"

"어떻게 알았냐고."

"그때쯤에 어떤 여자한테 전화가 왔었어. 그 여자가 말하길 오빠가 자기 남자 친구를 때렸다면서 나한테도 조심하라는 거야. 언제 돌변해서 나를 때릴지 모른다면서. 내가 전화를 잘못 걸었다고 말하니까 오빠 이름까지 말해 주더라. 그래서 나는 놀란 마음에 끊어 버렸어."

"그래서…… 그러는 거야?"

내가 말했다.

"내가 너를 때릴까 봐 헤어지자는 거야?"

"아니. 전혀."

선아가 말했다.

"나는 오빠가 함부로 주먹을 휘두르는 사람이 아니라는 걸 잘 알아. 그거 때문에 그런 게 아니야. 나는…… 오빠가 주먹을 휘두른 이유가 나 때문이라는 게…… 나는 그게 힘든 거야.

난 누구에게도 짐이 되고 싶지 않아. 누군가 화를 내는 이유가 되고 싶지도 않고, 슬프게 만들고 싶지도 않아. 그런데 오빠는 나의 이 모든 바람을 무너뜨려."

"너를 사랑하니까."

나는 말했다.

"그러니까 화도 내고 울기도 하는 거야. 너를 사랑하지 않았다면 그러지도 않겠지. 이젠 이런 당연한 것도 내 입으로 말해야 아는 거야?"

"요즘 오빠랑 있을 땐 이런 느낌이 들어."

나는 잔뜩 흥분해 있었고, 선아는 차분했다.

그녀는 마치 이 순간을 오래전부터 준비해 온 것 같았다.

"남자 친구가 옆에 있는 게 아니라, 사회 복지사가 따라다니는 거 같아. 나를 사랑하는 게 아니라 걱정하고, 나를 보호하는 게 아니라 변호하려고 해. 오빠에게 나는 그런 존재가 되어 버린 거야. 지금 와서 아니라고 말해도 소용없어. 오래전부터 나는 그렇게 느껴 왔었으니까."

"그럼…… 지금 우리가 하고 있는 건 사랑이 아니면 뭔데?"

"동정이지."

선아가 말했다.

"우리는 서로를 가엾게 여기고 있어. 오빠는 앞이 안 보이는 나를 가여워하고 있고, 나는 내 곁을 지켜 주는 오빠를 가여워해. 서로를 가여워하는 건…… 사랑이라고 부를 수 없어."

"그래 좋아."

내가 말했다.

"네가 그렇게 느꼈다는 건 충분히 알겠어. 그런데 그렇다고 해서 내가 너를 사랑한다는 건 변하지 않아. 나는 너를 계속 사랑했고, 사랑하고 있고, 사랑할 거야. 나의 단어를 다른 단어들로 더럽히지 마."

"그 사랑이 우리를 힘들게 만든다면…… 그만하는 게 맞아."

"이기적이야."

나는 말했다. 목소리가 떨렸고, 눈물이 글썽거렸다.

"넌 지금 너무 이기적이야."

"맞아. 난 이기적이야."

선아가 말했다.

그녀의 눈시울도 어느새 붉어져 있었다. 밤의 어둠 속에서 가로등은 우리를 비추고 있었고, 저 멀리 선 불꽃이 계속 터지고 있었다.

"그리고 오빠는 너무 이타적이야. 회사 대표라는 사람한테 정강이를 걷어차이면서도, 어머님과 내가 걱정할까봐 묵묵히 출근하는 게 송원호고, 여자 친구가 힘들어하는 걸 보고, 자기가 힘든 건 절대 말 안 하는 게 송원호고, 자기 사람들한텐 싫은 소리 못 해서, 애꿎은 사람들한테 화풀이하는 게 송원호야. 오빠는 좀 이기적이여야 해. 송원호는 송원호의 인생을 챙겨야 해. 지금부터라도…… 제발……."

"나는 지금 나를 챙기는 중이야."

내가 말했다.

"너 없는 나는 내가 아니니까. 필사적으로 지키는 중이라고."

나의 말에 선아는 참았던 눈물을 터뜨렸다.

그녀는 허벅지에 고개를 파묻고 오열했다. 대성통곡에 놀란 요구는 잠에서 깨, 울고 있는 그녀가 걱정됐는지 정강이를 핥았다.

나는 머리를 쥐어 싸매고 소리를 질렀다.

그리고 함께 울었다.

모든 게 야속했다.

선아의 시력을 앗아간 신을 증오했고, 나의 과거 모든 말과 행동들을 후회했다. 선아의 시력이 멀쩡했다면, 내가 언행을 달리했다면, 그녀의 말대로 나를 조금 더 챙겼더라면. 지금처럼은 되지 않았을까. 모든 후회가 물밀듯이 내게 밀려 들어왔고 나는 그 속에서 허우적댔다.

우리는 오랫동안 울었다.

바다를 바라보는 벤치에 앉아 쏟아 낸 우리의 눈물은 바다로 흘러 들어갈 것이다. 먼바다까지 흘러 나가 지구를 떠돌 것이다. 그것은 물고기의 숨이 되고, 고래의 피부

를 스치고, 적도의 구름이 되어 세계를 떠돌다가 비로 내
릴 것이다.

돌고 돌아 결국 우리는 우리의 눈물을 온몸으로 맞을
것이다.

더 이상 쏟아 낼 눈물도 없을 때까지 울었을 때.
선아는 고개를 들고 말했다.
"오빠가 날 정말 사랑한다면······."
그리고 그녀는 자신의 카메라를 건넸다.
"우리를 놓아줘."

✱

숙소로 돌아갔다.
선아는 침대에 누웠고, 나는 바닥에 이불을 깔고 누웠다.
잠에 들려고 노력했지만 잠이 오지 않았다.
나는 밤잠을 설쳤다. 그리고 그녀도 그런 것처럼 보였다.

다음 날, 우리는 기차를 타고 돌아갔다.
나의 옆엔 처음 보는 여자가 앉았다.
그녀는 예뻤고, 맹인 안내견과 함께 있었다.
나는 그녀에게 말을 걸지 않았다.

처음 보는 사람이기 때문이다.

나는 그렇게 생각하기로 했다.

그렇게라도 하지 않으면 나의 마음이 견딜 수가 없었다.

도착역에 내렸다.

선아는 엄마가 데리러 온다며 기다린다고 했다.

우리는 마주 보고 서 있었다.

플랫폼의 수많은 사람들이 우리를 스쳐 지나갔다.

나는 좀처럼 발걸음을 뗄 수 없었다.

요지부동으로 서 있었다.

"안 가?"

선아가 말했다.

"가야지."

나는 무릎을 꿇고 앉아 요구의 머리를 쓰다듬었다.

"조심히 가."

선아가 말했다.

"너도."

나는 뒤돌아서며 말했다.

"갈게."

"잘 가."

선아는 손을 허리춤에 올려 흔들어 보였다.

나는 뒤돌아서 걸어갔다.

고개를 돌려 보고 싶은 마음이 불쑥불쑥 올라왔지만, 나는 뒤돌아보지 않았다.

전철에 올라타 집으로 돌아갔다.

집에 들어오자마자 나는 그녀가 건넨 카메라를 책상 위에 올려놓았다. 나의 카메라까지 두 대가 책상 위에 올려져 있었다.

선아는 내게 왜 카메라를 주었을까.

나는 곰곰이 그 이유를 생각해 보았다.

어쩌면 그녀가 줄 수 있는 마지막 선물은 아닐까.

그녀의 시선이 담긴 사진들이 여기에 담겨져 있다.

나는 여기에 담긴 필름을 인화하지 않을 것이다.

선아가 말했듯이, 사진이 잘 나왔는지 못 나왔는지는 중요하지 않다. 중요한 것은 사진을 찍는 사람의 시선과 마음이다.

나는 그녀의 마음을 고이 간직해 두기로 했다.

가을

종이 뭉치

알람에 눈이 떠졌다.
아침이다.

바라지 않던 것이다.
아침은 이제 내가 바라지 않는 물건이다.

화장실로 들어가 세수를 하고 머리를 감았다.

주섬주섬 옷을 걸치고 집을 나와 회사로 향했다.

직원들과 윤조에게 인사를 건네고 일을 시작했다.

윤조와 메신저로 점심 메뉴를 골랐다.

오늘은 순두부찌개를 먹기로 했다.

퇴근을 하고 집으로 돌아왔다.

옷을 벗어 던지고 곧바로 샤워를 했다.

침대에 누워 잠이 올 때까지 핸드폰으로 예능 프로그램을 봤다.

졸음이 몰려와 핸드폰을 끄고 눈을 감았다.

알람이 잘 맞춰졌는지 눈을 떠 다시 확인했다.

잘 맞춰져 있다.

핸드폰을 내려놓자 어떤 물건이 내 눈에 들어왔다.

책꽂이에 꽂혀 있는 앨범이다.

사진과 그 밑에 점자가 적혀 있는, 세상에 하나뿐인 앨범이었다.

나는 그것을 한참 바라보다가 시선을 떼고 뒤돌아 누웠다.

앨범을 향한 채로 잠이 들고 싶지 않았다.

그래서 나는 항상 뒤돌아 누워 잠을 잤다.

앨범을 버리면 어느 방향으로 눕든 상관없는 일이었지만,

나는 그 물건을 버리지 못하고 있다.

매일 그러고 있다.

잊으려고 노력하고 있다.

그러나 그것은 노력으로 되는 게 아니다.

인생에서 잊고 싶은 기억은 잊히지 않고,
잊으면 안 되는 기억들은 조금씩 잊혀 간다.
이것은 기억의 속성이다.

아직도 집 안엔 그녀의 흔적들이 남아 있다.

그녀가 놓고 간 일기와 디저트 사진을 모아 놓은 비밀 노트가 있고, 속옷과 옷 몇 벌, 칫솔과 생리대, 개 사료와 간식, 그녀의 냄새와 머리카락이 남아 있다.

나는 그것을 치우지 않는다.

사실 나는 물건을 지키고 있는 게 아니라 그녀를 다시 볼 수 있는 명분을 지키고 있는 것이었다. 그러나 나는 주인이 있는 물건은 함부로 만지면 안 될 뿐이라며 끝없이 합리화를 한다.

그렇게 나는 그녀가 물건을 찾아갈 때까지 기다리고 있다.

두 달이 흘렀다.

그녀는 좀처럼 물건을 찾아갈 생각이 없어 보인다.

어느 날 우태에게 전화가 왔다.

몇 달 전, 술자리에 벌어진 일들이 모두 자기 때문에 벌어진 일 같다며, 나에게 진심으로 사과하고 싶다는 내용이었다.

나는 오래전 일이라 다 잊었다고, 괜찮다고 거짓말했다. 그때의 기억은 절대 잊을 수 없는 기억이다.

우태는 내게 요즘 잘 지내고 있냐고, 선아는 어떠냐고 물었다.

나는 헤어졌다고 말했다.

그는 괜한 걸 물었다며 미안하다고 말했고, 언제 한 번 만나서 술이나 한잔하자고 말했다.

나는 알겠다고 말하고 전화를 끊었다.

정작 사과를 해야 할 사람은 우태가 아닌 민광이었지만, 그에겐 전화가 온 적이 없다. 그러나 먼저 주먹을 휘두른 나도 그에게 정식으로 사과를 한 적이 없기 때문에, 나도 사과를 바랄 입장은 아니었다.

그놈이 그놈이다.

라고 나는 생각했다.

3일에 한번 꼴로 공원을 산책했다.

그녀와 자주 걸었던 곳이었다.

사각형 모양의 공원의 한 모서리에서 시작해, 제일 큰 소나무를 지나 조각상을 거쳐 잔디밭을 걷고, 반대편 모서리로 나왔다.

그녀와 걷던 루트였다.

나는 지금도 그렇게 걷는다.

만남보다 이별이 어려운 이유는
그것이 잔상을 남기기 때문이다.

드는 정은 몰라도 나는 정은 안다는 말이 있는 것처럼.

옛말은 틀린 적이 없다.

엄마는 내게 시간이 약이라고 말했다.

분명 안타까운 일이긴 하지만, 지나고 보면 다 추억이 될 거라고 말했다.

"시간은 약이 맞아."

나는 엄마에게 말했다.

"그런데…… 세상에서 제일 쓴 약이야."

남산, 월미도, 마포 하늘공원, 올림픽공원, 연남동 카페 거리, 명동에 있는 닭갈비집, 삿포로의 눈밭, 군산 짬뽕집, 부산 통영대, 전주 한옥마을, 해방촌, 관악산, 아쿠아리움, 셀프 사진관, 코인 노래방, 소래포구, 여의도 한강공원, 집 근처 단골 마라탕집, 강릉 앞바다, 수많은 디저트 카페들, 한라산과 성산 일출봉, 대학 병원 신경과 병동, 6호선과 2호선, 안주가 푸짐했던 단골 호프집, 청계천, 낙산공원, 서대문 형무소, 춘천 레일 바이크, 전쟁기념관, 뚝섬 유원지, 건대 입구, 가로수길…….

　너와 걸은 곳.

내가 웃을 때 생기는 보조개, 디저트가 맛있는 카페, 몽글몽글한 구름, 벚꽃, 노을, 투애니원과 그들이 부른 모든 노래들, 원두 냄새, 웃어른에게 예의 바른 것, 샤워 후 침대에 누워 있는 시간, 우리 동네, 예상치 못했던 웃음 포인트, 주황빛 스탠드, 다이어리 꾸미기, 에어컨이 빵빵하게 틀어져 있는 은행, 첫눈, 토요일 아침에 하는 섹스, 구름 속으로 빨려 들어가는 비행기, 원목 가구, 노트북 키보드 두드리는 소리, 나의 잠꼬대, 삼겹살과 마라탕, 송전탑, 아직 아무도 밟지 않는 눈밭, 보름달과 별, 비 온 뒤 흙냄새와 헌책 냄새, 손등의 힘줄, 느티나무, 국산 맥주, 갓 빤 옷, 민들레……

네가 좋아했던 것들.

나는 공원에 앉아 두 눈을 감았다.
귀뚜라미 소리와 낙엽이 바스라지는 소리.
산책 나온 가족들의 목소리와 개 짖는 소리.
가을의 목소리였다.
계절은 목소리를 가지고 있다고, 그녀는 말했다.

계절이 바뀌었다.

아픔은 무뎌졌다.
그리고 그리움은 커졌다.

선아는 내게 종이와 연필을 주었다.

나는 종이 위에 연필로 추억을 써 내려 갔다.

종이가 쌓여 가는 것도 모른 채 나는 정신없이 썼다.

그러나 그녀는 지우개를 주지 않았다.

선아가 내 곁을 떠난 뒤에도 나의 옆엔 수북이 쌓인 종이들이 있었고, 지우개는 없었다.

그 종이는 찢을 수도 없고 불태울 수도 없다.

그래서 나는 어쩔 수 없이 종이 뭉치를 옆구리에 끼고 다닌다.

그녀도
내가 선물한 종이를
옆구리에 끼고 다닐까.

다시,
첫눈

나는 두 눈을 의심했다.

11월이었고, 쌀쌀한 날씨 때문에 공원엔 사람들이 적었다.

나는 여느 때처럼 산책을 나와 벤치에 앉아 있었다.

저 멀리서 개를 산책시키는 여자가 눈에 들어왔다.

요구와 같은 품종인 래브라도 리트리버였다.
그녀가 선아였으면 좋겠다고,
나는 생각했다.

그런데 정말 그녀였다.
나는 눈을 가늘게 뜨고 자세히 보았다.
맞다.
선아였다.

이별 후 네 달이 흘렀다.
이 공원은 왜 찾은 걸까.
부모님의 집에서 이곳까진 꽤 먼 거리인데,
버스를 타고 굳이 이곳까지 온 건가.

나는 모든 것이 궁금했다.

혹시, 그녀도 나처럼 잊지 못한 게 아닐까.
그래서 다시 찾아온 게 아닐까.
나는 헛된 희망을 품으며 벤치에 앉아 그녀를 관찰했다.

그때, 선아가 내 쪽으로 걸어왔다.

혹시 앞이 보이는 건 아닐까 의심이 될 정도로, 선아는 성큼성큼 다가왔다. 그리고 거짓말처럼 내 앞에 서더니, 벤치를 더듬거리다 내 옆에 앉았다.

나는 나의 존재를 그녀에게 들킬까 봐 멀찍이 떨어져 앉았다.

요구가 나를 올려다보며 꼬리를 흔들었다.

녀석은 분명 나를 알아본 듯했다.

나는 그제야 알았다.

그녀가 이곳으로 걸어온 건, 나를 발견한 요구가 끌고
온 것이었다.

요구는 나에게 다가와 정강이에 얼굴을 비비며 헥헥거
렸다.

기분이 좋을 때마다 하는 것이었다.

나는 숨소리가 새어 나갈까 숨죽이고 있었다.

"만져도 돼요."

선아가 말했다.

그녀는 나를 벤치에 앉아 쉬고 있는 동네 주민인 줄로 아는 듯했다.

나는 요구의 머리를 쓰다듬었다.

반짝이는 눈빛과 반쯤 내민 혓바닥.

그 모습을 뚫어져라 쳐다보고 있자니,
나도 모르게 입을 열어 버렸다.

"요구야."

나는 말했다.

"잘 있었지."

선아는 고개를 돌려 나를 보았다.
나도 그녀를 보았다.

끼니를 걸렀는지, 그녀의 얼굴은 핼쑥해져 있었다.
그것은 나도 마찬가지였다.

"요구가 이 공원을 좋아해서…… 그래서 온 거야."

선아는 내가 묻기도 전에 말했다.

나는 어떤 말을 꺼내면 좋을까 고민했다.

그러나 그녀는 말할 기회를 주지 않았다.

선아는 벤치에서 일어나 엉덩이를 털어 내고 인사도 없이 걸음을 옮겼다.

나는 그 모습을 물끄러미 바라보았다.

선아가 스무 걸음 정도 걸었을 때,
나는 자리에서 일어나 그녀에게 달려갔다.

나는 뒤에서 선아의 손을 잡았다.
그녀는 뒤돌아보지 않았다.

나는 말했다.

" "

299 다시, 첫눈   299

나의 말에 선아는 뒤돌아보았다.
그녀의 눈엔 눈물이 고여 있었다.

그리고 선아는 말했다.

"나도."

우리는 서로를 껴안았다.

첫눈이 내렸다.

네 세상이 어둠이 된다고 해도
내가 너의 빛이 되어 줄게
© 시울

초판 1쇄   2023년 7월 21일

지은이   시울
펴낸이   김영재
마케팅 책임   염시종
디자인   (본문) 송한별
펴낸곳   주식회사 하이스트그로우
출판등록   2021년 5월 21일 제2021-000019호
이메일   highest@highestbooks.com

ISBN 979-11-93282-00-7